EL LUGAR DEL COMIENZO

URSULA K. LE GUIN

EL LUGAR DEL COMIENZO

minotauro

El lugar del comienzo

Diseño de cubierta: Opalworks

Publicación de Editorial Planeta, S. A. Diagonal, 662-664, 08034 Barcelona.

ISBN: 978-84-450-2202-3
Depósito legal: B. 20.202-2025
Impreso en UE

¿Qué río es este
por el cual corre el Ganges?

J. L. Borges, *Heráclito*

1

—¡Cajero en la siete! —Y de nuevo entre las cajas registradoras, descargando carritos de alambre, manzanas tres por ochenta y nueve, rodajas de piña en oferta, un litro y medio de dos por ciento, setenta y cinco, cuatro y uno es cinco, gracias, de diez a seis, seis días a la semana; y lo hacía bien.

El gerente, un hombre hecho de limaduras de hierro y bilis, elogiaba su eficiencia. Los otros cajeros, mayores que él, casados, hablaban de béisbol, fútbol, hipotecas y dentistas. Ellos lo llamaban Rodge, excepto Donna, que lo llamaba Buck. En las horas más concurridas, los clientes eran manos que daban y tomaban dinero. A los viejos y a las mujeres les gustaba charlar en las horas de poco público; no importaba mucho lo que uno respondiera, ellos nunca escuchaban. La eficiencia lo llevaba diariamente hasta el final de la jornada, pero no más allá. Ocho horas diarias de fideos con pollo dos por sesenta y nueve, comida para perros en oferta, media pinta de Derry Wip, noventa y cinco, uno y cinco son cuarenta. Regresaba caminando a la carretera de Oak Valley y cenaba con su madre, veía la televisión y se iba a la cama. A veces se preguntaba qué estaría haciendo si Sam's Thrift-E-Mart se hubiese encontrado del otro lado de la autopista, pues a esa altura no había paso peatonal en cuatro manzanas de un lado y seis del otro, y nunca hubiera conocido el lugar. Pero, al día siguiente de haberse mudado, pasó por allí para aprovisionar la nevera, y vio el letrero que decía: SE NECESITA CAJERO. Lo habían puesto hacía media hora. De no haber cogido el empleo, tal vez habría seguido adelante y comprado un coche para poder trabajar en el centro, como había previsto. Pero quizá el coche no habría sido gran cosa, mientras que ahora estaba ahorrando lo suficiente para tener una suma sustancial, llegado el momento. Él habría preferido vivir en la ciudad y arreglárselas sin coche, pero su madre tenía miedo de las ciudades. Camino a casa miraba los coches y se preguntaba qué modelo compraría llegado el momento. No le interesaban mucho los coches, aunque, como ya había desechado la idea de estudiar, tendría que gastar el dinero en algo, y mientras iba hacia su casa siempre pensaba lo mismo.

Estaba cansado. Había pasado todo el día manipulando artículos de venta y el dinero que los compraba, hasta que no pensaba en otra cosa porque sus manos nunca tocaban nada distinto, y, sin embargo, nada le quedaba de todo eso.

Al principio de la primavera y a pocos días de haberse mudado, había fulgores en el cielo, dorados y verdes. Ahora, en verano, las calles sin árboles estaban aún iluminadas y calientes a las siete. Los aviones, que ganaban altura desde el aeropuerto, a unos quince kilómetros al sur, rasgaban el cielo denso y brillante, arrastrando ruidos y sombras; un desvencijado columpio de acero pintado chirriaba junto a la carretera. Aquella urbanización se llamaba Kensington Heights. Para llegar a la carretera de Oak Valley atravesaba el paseo Loma Linda, el paseo de Raleigh y la carretera de Chelsea Oaks. Pero no había alturas, ni valles, ni Raleighs, ni robles. En la carretera de Oak Valley las casas eran de dos pisos y de seis apartamentos cada una, pintadas de blanco y marrón. Entre los aparcamientos había franjas de césped bordeadas de piedras blancas y setos de enebros. Envoltorios de golosinas, latas de refrescos, tapas de plástico, las irreductibles cáscaras y esqueletos de los artículos perecederos que él despachaba en los mostradores del mercado yacían entre las piedras blancas y las plantas oscuras.

En el paseo de Raleigh y en la comunidad de Pine View, las casas eran de dos plantas, y en el paseo de Loma Linda eran viviendas independientes, todas con entradas propias, garajes, céspedes, piedras blancas y setos de enebro. Las aceras eran regulares, las calles niveladas, la tierra plana. El centro de la ciudad vieja se levantaba sobre unas colinas que dominaban un río; pero las afueras, al este y al norte, se extendían en un llano. La única vez que vio el paisaje desde allí fue cuando llegaron del este. Un poco antes de los límites de la ciudad, había una especie de viaducto bajo la autopista; y desde allí se podían contemplar los campos. Más allá, la ciudad, envuelta en una bruma dorada. Campos, praderas, en aquella suave luz vespertina, y las sombras de los árboles. Luego, una fábrica de pintura, con letreros multicolores, de cara a la autopista; allí comenzaban las urbanizaciones.

Una tarde calurosa, al salir del trabajo, atravesó el parque de estacionamiento del Sam's Thrift-E-Mart y subió por la rampa de salida que daba a la estrecha acera de la autopista para ver si podía regresar campo a través por los paisajes que había visto, pero no había ningún camino. Desechos de papel, de metal y de plástico bajo sus pies; el aire agitado y vacilante y la tierra temblorosa cada vez que pasaba un camión; tímpanos golpeados por el ruido y nada que respirar excepto caucho quemado y humos de diésel. Después de media hora se dio por vencido y trató de abandonar la autopista, pero las calles suburbanas estaban separadas del terraplén por una cerca metálica. Tuvo que rehacer el camino y atravesar el parque del Thrift-E-Mart para llegar a la avenida Kensington. La derrota lo dejó tembloroso y colérico, como si lo hubiesen atracado. Caminó dando tumbos bajo la cálida luz solar hasta su casa. El coche de su madre no estaba en el garaje. Al entrar, escuchó el teléfono.

—¡Por fin llegas! He estado llamando y llamando. ¿Dónde te habías metido? Es la tercera vez que llamo. Estoy en casa de Durbina, me quedaré hasta las diez. Hay pavo en la nevera. No toques la comida china; es para el miércoles. Tienes pavo Mixon. —«Un dólar con veintinueve centavos», sonó en su cabeza, «gracias»—. Me voy a perder el comienzo de la película del canal seis; mírala por mí hasta que llegue.

—Bueno.

—Hasta luego, entonces.

—Adiós.

—¿Hugh?

—¿Sí?

—¿Por qué has llegado tan tarde?

—He venido por otro camino.

—Pareces enfadado.

—No sé.

—Tómate una aspirina. Y una ducha fría. Hace tanto calor... Eso es lo que me gustaría. Pero no tardaré en llegar. Cuídate. No irás a salir, ¿verdad?

—No.

Ella vaciló, no dijo nada, pero no colgó el teléfono. Él dijo:

—Adiós. —Colgó y se quedó junto al aparato.

Se sentía pesado; un animal pesado, una gruesa y arrugada criatura con el labio inferior colgante y los pies como ruedas de camión. Por qué te has retrasado quince minutos por qué estás enfadado cuídate no toques la comida china no salgas. De acuerdo. Cuídate. Miró el pavo Mixon en el horno y puso el reloj, aunque no calentó el horno como indicaban las instrucciones. Tenía hambre. Siempre tenía hambre. Nunca estaba exactamente hambriento, pero siempre quería comer. Había una bolsa de cacahuetes en la alacena; la llevó al salón, encendió el televisor y se sentó delante. El sillón tembló y crujió bajo su peso. Se levantó de golpe, dejando caer la bolsa de cacahuetes recién abierta. Era demasiado. El elefante alimentándose a sí mismo con cacahuetes. Tenía la boca entreabierta, pero le parecía que el aire no le entraba en los pulmones. Algo que trataba de salir le bloqueaba la garganta. Se quedó junto al sillón; el cuerpo le temblaba de una manera grotesca, y la cosa de la garganta salió en palabras.

—No puedo, no puedo —dijo en voz alta.

Muy asustado, corrió hacia la puerta principal, la abrió de golpe y salió de la casa antes de que la cosa pudiera seguir hablando. La luz solar, caliente y tardía, refulgía en las piedras blancas, en los garajes, en los coches, en las paredes, en los columpios y en las antenas de televisión. Se quedó allí temblando, con las mandíbulas apretadas: la cosa estaba tratando de abrirle las mandíbulas para hablar otra vez. Echó a correr.

La carretera de Oak Valley abajo, a la izquierda en la comunidad de Pine View, de nuevo a la derecha; no sabía, no podía leer las señales. No corría con frecuencia y tampoco le era fácil. Los pies golpeaban el suelo con fuerza, en pesadas sacudidas. Los coches, los garajes y las casas se confundían en un brillo intermitente que, mientras él corría, se hizo rojo y oscuro. Dejó atrás unas palabras que decían: «Se agota la luz del día». El aire, ácido y ardiente, le entró en la garganta y en los pulmones; respiraba con un ruido de papel rasgado. La oscuridad se espesó como sangre. El paso se le había vuelto más trepidante; estaba corriendo colina abajo. Trataba de detenerse, de aminorar la marcha, mientras sentía el mundo deslizándose y desmoronándose bajo sus pies, y un cosquilleo múltiple y elástico en el rostro. Vio y olió hojas, hojas pardas, ramas, polvo, tierra, humus; y, entre el martilleo del corazón y el aliento, oyó una música fuerte y continua. Dio unos pasos lentos y temblorosos, se dejó caer apoyando las manos en el suelo, y luego se tumbó por completo boca abajo sobre la tierra y la roca al borde de una corriente de agua.

Cuando al fin se incorporó no tuvo la impresión de haberse quedado dormido; sin embargo, era como si despertara, como si despertara de un sueño profundo y tranquilo, cuando el ser pertenece por completo al ser y nada puede trastornarlo hasta que el sueño se desvanece. En la raíz de la quietud estaba la música del agua. La arena se deslizaba entre su mano y la roca.

Al sentarse sintió cómo el aire le entraba con fuerza en los pulmones; un aire fresco que olía a tierra y a hojas muertas y nuevas; todas las hierbas y malezas, árboles y arbustos, el frío aroma del agua, la oscura fragancia del polvo; un sabor dulce que le era familiar, pero al que no podía darle un nombre; todos los olores mezclados y, sin embargo, distintos, como los hilos de un paño, demostrando que la capacidad olfativa de su cerebro estaba viva y era inmensa, espaciosa, aunque desprovista de nombres para las fragancias, aromas, perfumes y hedores que formaban ese vasto, oscuro, profundamente extraño y familiar olor de una orilla de riachuelo en una tarde estival en el campo.

Y es que estaba en el campo. No tenía idea de cuánto había corrido, ni tenía claro cuánto era un kilómetro, pero sabía que había dejado atrás las calles, las casas, los límites del mundo pavimentado; y en ese momento estaba en la tierra. Oscura, ligeramente húmeda, desnivelada, de nuevo compleja, compleja hasta lo inverosímil... Movió un dedo y tocó granos de arena, hojas marchitas, guijarros, una piedra semienterrada, raíces. Había estado con el rostro apoyado en aquella tierra, sobre ella, en ella. Sintió que se le aligeraba la cabeza. Respiró con fuerza y hundió las manos abiertas en el barro.

Aún no había anochecido. Los ojos se le habían acostumbrado a la oscuridad, pese a que los colores y los espacios ensombrecidos se acercaban al umbral de la noche. El cielo, sobre la negra y nítida silueta de las ramas, estaba descolorido, y su monótona luminosidad no revelaba por dónde se había puesto el sol. Aún no se veían estrellas. El arroyo, de unos ocho metros de ancho y lleno de cantos rodados, era como un retazo de cielo, rielando entre los pedruscos. Los amplios bancos de arena refulgían en ambas orillas; solo corriente abajo, donde el follaje era más espeso, se había concentrado el ocaso, desdibujando los detalles.

Se sacudió de la cara y el pelo la arena, las hojas muertas y las telarañas, y sintió el leve aguijón de una rama seca bajo el ojo. Apoyándose en el codo, se inclinó hacia delante y tocó el agua con los dedos de la mano izquierda; al principio con mucha suavidad, con la mano estirada, como si estuviese tocando la piel de un animal; luego la hundió en el agua y sintió la musculatura de las corrientes presionándole la palma. Entonces se echó más hacia delante, inclinó la cabeza, y en la arena, apoyándose con ambas manos, bebió.

El agua estaba fría y tenía gusto a cielo.

Hugh se puso en cuclillas sobre la arena húmeda, con la cabeza todavía inclinada, un extraño sabor en los labios y en la boca. Poco a poco enderezó la espalda hasta quedar arrodillado, con la cabeza erguida, las manos sobre las rodillas, inmóvil. La mente no tenía palabras para aquello que el cuerpo alabó y comprendió por completo.

Cuando esa intensidad que él había entendido como plegaria hubo disminuido, menguado y cambiado de nuevo en placer múltiple y consciente, volvió a ponerse en cuclillas y miró alrededor con mayor vehemencia y cuidado que al principio.

Ignoraba hacia dónde quedaba el norte, bajo el cielo liso y descolorido, pero tenía la certeza de que los barrios, la autopista y la ciudad estaban justo detrás de él. El sendero por el que había venido se escurría entre un pino grande de corteza rojiza y un seto de arbustos altos y hojas alargadas. Desde allí subía por una cuesta empinada hasta perderse de vista en el denso atardecer, bajo los árboles.

El arroyo cortaba el camino transversalmente, de derecha a izquierda. Podía verlo serpentear entre árboles y piedras corriente arriba, para luego emerger del agua. Corriente abajo, el bosque se precipitaba en una progresiva oscuridad, interrumpida por los escurridizos destellos de la corriente. A ambos lados del arroyo las orillas se levantaban a un mismo nivel formando un claro libre de árboles, casi una pequeña pradera, cubierta de nieve y salpicada de malezas y arbustos.

El olor familiar para el que no encontraba nombre se hizo más intenso, la mano le olía a... menta, eso era. El lecho de hierbas en el que había apoyado las manos cuando estaba a orillas del arroyo tenía que ser menta silvestre. Arrancó una hoja y la olió, luego le dio un mordisco, esperando que fuese dulce como un caramelo de menta. Pero resultó agria, con una textura pilosa y fría.

Este es un buen lugar, pensó Hugh. Y he llegado aquí. Por fin he llegado a algún sitio. Lo he logrado.

A sus espaldas: la cena en el horno encendido, la televisión parloteando frente a una sala vacía. La puerta principal sin cerrojo. Tal vez ni siquiera cerrada. ¿Durante cuánto tiempo?

Mamá regresa a las diez.

¿Dónde estás, Hugh? Salí a caminar. Pero no estabas en casa cuando yo llegué a casa tú sabes cómo. Sí se me hizo más tarde de lo que pensaba. Lo siento. Pero no estabas en casa...

Ya se había puesto de pie. Pero conservaba en la boca la hoja de menta; tenía las manos mojadas; el pantalón y la camisa eran un caos de hojas y arena; sin embargo, estaba tranquilo. Si he encontrado un lugar, también puedo regresar a él, se dijo.

Permaneció unos instantes escuchando el agua entre las piedras y contemplando la quietud de las ramas contra el cielo del anochecer. Luego regresó por donde había llegado; camino arriba, entre los altos matorrales y el pino. Al comienzo, el sendero era empinado y oscuro, pero luego se allanó en medio de un bosque ralo. Era fácil seguirlo, aunque las espinas de las zarzamoras lo hirieron un par de veces mientras la oscuridad se precipitaba. Una vieja zanja cubierta de maleza, poco más que un declive o un surco del terreno, marcaba el límite del bosque. Tras ella se extendían los campos cubiertos, y a lo lejos se veía el misterioso y deslizante parpadeo de los faros de los coches en la autopista. A la derecha había unas luces fijas.

Se dirigió hacia allí atravesando campos cubiertos de hierba seca y surcados por duros caballones. Llegó por último a una elevación o talud sobre el que corría una carretera de grava. Hacia la izquierda, cerca de la autopista, se levantaba un gran edificio completamente iluminado, y carretera abajo, en dirección opuesta, lo que parecía ser un par de casas rurales. La fachada de una de ellas también estaba iluminada. Hugh se dirigió hacia esta con la certeza de que aquel era el camino correcto.

Pasado el cementerio de automóviles, llegó a una recta bordeada por una hilera de árboles, y al primer poste de alumbrado público; era el final de la comunidad de Chelsea Gardens, que comunica con la avenida Chelsea Gardens, la cual conduce al centro de una urbanización. Escogió un recuerdo inaccesible para su conciencia: el del trayecto que recorrió momentos antes; lo desanduvo sin errores, calle por calle hasta regresar a Kensington Heights, a la comunidad de Pine View, a la carretera de Oak Valley y por último frente a la puerta principal del 14067½-C de la calle Oak Valley, que estaba cerrada.

El televisor vibraba con risas estereotipadas. Lo apagó. Oyó entonces el zumbido de la alarma del reloj de la cocina y corrió a desconectarlo. Indicaba las nueve menos cinco.

El pavo estaba reseco dentro de su mortaja de papel de aluminio. Trató de comerlo, pero parecía de piedra. Bebió un vaso de leche y devoró cuatro rebanadas de pan con mantequilla, un yogur de arándanos y dos manzanas; buscó en la sala la bolsa de cacahuetes, los peló y comenzó a comerlos, sentado frente a la mesa de la cocina, pensando.

Había hecho una larga caminata de regreso hasta la casa. No miró su reloj, pero tenía que haber tardado cerca de una hora. Y seguro que había pasado otro tanto junto al arroyo; y llegar allí también le había llevado un buen rato, aunque había corrido, pero él no tenía nada de atleta. Habría jurado que eran las diez o las once si el reloj no lo hubiese contradicho.

No le gustaban las contradicciones, de modo que se dio por vencido. Terminó los cacahuetes; pasó a la sala de estar, apagó la luz, encendió el televisor, lo apagó enseguida y se sentó. El asiento crujió, pero esa vez tuvo mayor conciencia de lo inadecuado del sillón que de la pesadez de su propio cuerpo.

La carrera había hecho que se sintiera bien. Se lamentó de la endeblez del sillón en lugar de disgustarse consigo mismo. ¿Por qué había corrido? Bueno, la pregunta estaba de más. No había hecho otra cosa en toda su vida. Jugar al escondite. Pero correr y llegar a algún lugar, eso era nuevo. Nunca había estado en ningún lugar, un lugar donde esconderse, un lugar donde estar. Y de pronto dio con su cara en un lugar así, secreto, salvaje. Como si todos los barrios, las urbanizaciones dúplex casa rodante supermercado estacionamiento coches usados garaje columpios piedras blancas enebro imitación trozos de tocino chicle especial envoltorios de los cinco estados donde había vivido los últimos siete años no tuvieran importancia después de todo, no fuesen permanentes, no fuesen como la vida tenía que ser, ya que, una vez fuera, apenas traspuesto el límite, había silencio, soledad, agua corriendo en el atardecer, gusto a menta.

No deberías haber bebido de esa agua. Agua inmunda. Tifus. Cólera... ¡No! Es la primera vez que bebo agua limpia. ¡Volveré y la tomaré cada vez que me dé la gana!

El arroyo. En los estados donde había asistido al colegio lo llamaban riachuelo, pero la palabra «arroyo» le llegaba desde la lejana oscuridad de la memoria; una palabra crepuscular para nombrar el agua del crepúsculo, ese fluir fugaz y titilante que llenaba su mente. Las paredes de la habitación donde se hallaba resonaban débilmente con el ruido de la televisión del piso superior, y la luz de la calle, tamizada por las cortinas de encaje, las cruzaba de rayas, surcadas de cuando en cuando por los faros altos de los coches al pasar. Dentro, bajo el desasosiego de la media luz, se encontraba el lugar tranquilo, el arroyo.

Poco a poco sus pensamientos tomaron otros viejos senderos: si fuera a donde quiero ir, si fuera a la universidad y hablase con la gente, tal vez habría préstamos estudiantiles para la escuela de Biblioteconomía, o si ahorro lo suficiente y pido una beca... y así continuó, como una balsa deslizándose entre islas cercanas, dirigiéndose hacia un futuro remoto y soñado desde hacía tiempo; un edificio con peldaños anchos y muy transitados, escaleras interiores y enormes salones y altas ventanas, gente trabajando en silencio; tan en casa entre las interminables estanterías como los pensamientos en un cerebro, la biblioteca municipal en una visita académica de quinto curso para celebrar la Semana Nacional del Libro y el hogar y puerto de su añoranza.

—¿Qué haces sentado a oscuras, con el televisor apagado y la puerta sin cerrojo? ¿Por qué están apagadas las luces? Pensé que no había nadie. —Y una vez dicho eso encontró el pavo porque él no lo había metido hasta el fondo del cubo de la basura, debajo del fregadero—. ¿Qué has comido? ¿Qué diablos tenía esto de malo? ¿No sabes leer las instrucciones? Seguro que estás por resfriarte; será mejor que tomes una aspirina. Francamente, Hugh, no sabes cuidarte, no sabes arreglártelas solo. ¿Cómo quieres que salga tranquila a visitar a unos amigos después del trabajo si eres tan irresponsable? ¿Dónde está la bolsa de cacahuetes que compré para llevar mañana a casa de Durbina?

Y, aunque al principio le pareció que ella era como el sillón, sencillamente incapaz, esforzándose por hacer algo para lo que no estaba preparada, no fue capaz de seguir contemplándola desde el lugar tranquilo porque fue arrastrado de regreso, atado, hasta que no pudo sino dejar de oír, y decir:

—Está bien. —Y después de que ella encendiera el televisor justo en el momento en que pasaban el último anuncio de la película que quería ver—: Buenas noches, mamá. —Y corrió y se escondió en la cama.

En el pequeño supermercado de la última ciudad, donde Hugh pasó de reponedor a supervisor, las cosas habían marchado bien, con mucho tiempo para conversar y haraganear en el almacén; pero en el Sam's había mucho movimiento, y cada tarea estaba especializada y no tenía un respiro. Cuando parecía que la cola iba a terminarse con el próximo cliente, siempre llegaba uno más. Hugh había aprendido a pensar fragmentariamente; no era un buen método, pero era el único del que disponía. En una jornada de trabajo era capaz de mantener una idea si cada tanto volvía a ella; la idea esperaba por él como un perro paciente.

Al despertar por la mañana, el perro lo estaba aguardando; lo acompañó al trabajo agitando la cola, pero Hugh quería regresar al arroyo, y tener tiempo suficiente para quedarse en aquel lugar un rato. Hacia las diez y media, después de despachar a la vieja del zapato ortopédico que siempre tenía que explicarle que la lata de salmón solía costar diez centavos y que ahora había subido escandalosamente de precio porque lo exportaban todo a los países socialistas, pensó que el mejor momento para ir al arroyo no era por la tarde, sino por la mañana.

Su madre y la nueva amiga de esta, Durbina, estudiaban juntas algo parecido al ocultismo, y últimamente ella había estado yendo a casa de la mujer al menos una vez por semana después del trabajo. Eso le daba una tarde libre, pero solo una vez a la semana, y nunca sabía qué día, y además tenía que cuidarse de estar en la casa antes que su madre.

A ella no le importaba llegar antes que él durante el día, pero si esperaba que él hubiese regresado y no lo encontraba, si la casa estaba vacía y a oscuras, entonces sí había problemas. Y últimamente los había tenido por dejarla sola en casa al anochecer. Por lo tanto, carecía de sentido pensar en salir de noche; era como las clases nocturnas, más valía olvidarlo.

Pero por la mañana su madre salía a trabajar a las ocho. Entonces él podría ir al arroyo. Al menos tendría dos horas. Por la tarde, mientras Bill lo relevaba a las siete, pensó que tal vez hubiese gente o letreros que dijeran: PROPIEDAD PRIVADA, PROHIBIDO EL PASO, pero se arriesgaría. No parecía un lugar muy frecuentado.

Esa noche llegó a casa a la hora acostumbrada, siete menos cuarto, pero su madre no estaba y tampoco sonó el teléfono. Se sentó a leer el periódico, lamentando que no hubiese algo de comer, cacahuetes, por ejemplo; los cacahuetes que había comido la noche anterior y que su madre había querido llevar a casa de Durbina al día siguiente, es decir, esa noche. Oh, maldita sea, pensó, después de todo podría haber ido al arroyo, aunque era imposible porque no sabía a qué hora ella estaría de regreso. Fue a prepararse la cena, pero no encontró nada que le gustara; comió sobras y bebió un vaso de zumo de naranjas. Le dolía la cabeza. Quería leer un libro, y pensó: ¿Por qué no compro un coche para poder ir a la biblioteca del centro, por qué no voy a ninguna parte, por qué no tengo un coche? ¿Pero de qué le serviría un coche, si trabajaba de diez a seis y por las noches tenía que quedarse en casa? Se puso a ver un programa de variedades en la televisión para ahuyentar de su mente al perro que se volvía contra él gruñendo y enseñándole los dientes. Sonó el teléfono. Era la voz aguda de su madre.

—Esta vez quería asegurarme antes de volver a casa —dijo y colgó.

Aquella noche, en la cama, trató de evocar imágenes placenteras, pero estas se convirtieron en un tormento; finalmente reconstruyó una vieja fantasía, una camarera a la que solía espiar a los quince años. Se imaginó besándole los pechos, y concluyó masturbándose; luego se tendió en la cama, desolado.

Por la mañana, se levantó a las siete y no a las ocho. No había mencionado que se levantaría temprano. A su madre no le gustaban los cambios de rutina. Ella estaba en la sala de estar con su taza de café y su cigarrillo, sentada frente al primer telediario, con las delgadas cejas fruncidas.

Por las mañanas nunca tomaba más que café. Por el contrario, a Hugh le gustaba desayunar; le gustaban los huevos, el tocino, el jamón, las tostadas, las crepes, las patatas, los embutidos, los pomelos, el zumo de naranja, los panecillos, el yogur, los cereales, lo que fuera; ponía leche y azúcar en el café. A su madre la enfermaban los sonidos, el aspecto y los olores de los preparados de Hugh. No había una puerta entre la cocina y el salón de aquel piso. Hugh trató de moverse en silencio y no frio nada, pero fue inútil. Ella pasó frente a la mesita donde él intentaba comer los cereales sin hacer ruido, depositó la taza y el platillo en el fregadero y dijo:

—Me voy a trabajar. —Él oyó en la voz de ella el sonido terrible y afilado, como la punta de un cuchillo.

—Está bien —dijo sin volverse, tratando de hablar con una voz suave, neutral, neutra; porque sabía que ella no lo soportaba, que su voz profunda, su tamaño, sus grandes pies y gruesos dedos, su cuerpo pesado y viril la sacaban de quicio.

Ella salió enseguida, aunque eran apenas las ocho menos veinte. Hugh oyó cómo ponía en marcha el motor y luego vio el coche japonés de color azul pasar rápidamente frente a la ventana.

Cuando se dispuso a lavar los platos notó que el de su madre estaba descascarillado, y que su taza de café había perdido el asa. Aquella leve violencia le revolvió el estómago. Se apoyó en el borde del fregadero y permaneció así un momento, con la boca abierta y balanceándose sobre uno y otro pie, como hacía siempre que algo lo deprimía. Lentamente abrió el grifo del agua fría y la dejó correr. Se quedó mirando el flujo y la claridad del agua, que llenaron hasta rebosar la taza rota.

Lavó los platos, guardó todo y se marchó. A la derecha en Oak Valley, a la izquierda en Pine View, y luego en línea recta. Caminar era agradable; la brisa suave, la tibieza del sol. Anduvo a paso ligero, y después de diez o doce calles, el recuerdo del humor de su madre dejó de agobiarlo. Pero más adelante, al verificar su reloj, comenzó a preguntarse si llegaría al arroyo con tiempo suficiente para estar de regreso en su trabajo antes de las diez. ¿Cómo había logrado dos días antes ir al arroyo, quedarse y regresar, todo en dos horas? Tal vez ahora no había tomado el mismo camino, la ruta más breve, o tal vez había perdido el rumbo. La parte de su mente que razonaba sin necesidad de palabras ignoró esas dudas y preocupaciones, y lo condujo calle tras calle a través de los ocho kilómetros de Kensington Heights, Sylvan Dell y Chelsea Gardens, hasta el camino de grava que llevaba al campo.

El edificio grande cercano a la autopista era la fábrica de pintura; desde allí podía verse el gran letrero multicolor. Siguió hasta el final de la cerca que rodeaba el parque, y desde el punto más elevado miró hacia abajo, tratando de ver los dorados campos del atardecer que había observado desde el coche. Bajo la luz de la mañana carecían de encanto. En otra época habían sido campos de cultivo, pero ahora estaban abandonados y cubiertos de malezas, esperando la llegada de los urbanizadores. Junto al esqueleto oxidado de un coche, en una zanja llena de cardos, había un aviso que prohibía arrojar desperdicios. Al otro lado de los campos, los árboles proyectaban sus sombras hacia el oeste; más allá, bajo la niebla iluminada, se alzaban los bosques. Eran ya las ocho y media y empezaba a hacer calor.

Hugh se quitó la cazadora, y se secó el sudor de las mejillas y la frente. Permaneció un momento contemplando los campos. Si iba hasta el arroyo, aunque solo fuera para beber un poco y partir enseguida, probablemente llegaría tarde al trabajo. Maldijo en voz alta y con amargura, se volvió y regresó por el camino de grava junto a las granjas y el vivero, el plantío de árboles de Navidad o lo que fuese; cortó por la comunidad de Chelsea Gardens, y a paso ligero por las sinuosas calles sin árboles, entre jardines, garajes, casas, jardines, garajes, casas, llegó a Sam's Thrift-E-Mart a las diez menos diez. Estaba sudoroso y enrojecido, y en el almacén Donna le dijo:

—Te has quedado dormido, Buck.

Donna tenía unos cuarenta y cinco años. Su cabellera era abundante y rojiza y se la había rizado a la moda, lo que la hacía parecer de veinte años vista desde atrás y de sesenta vista de frente. Tenía una buena figura, una dentadura pésima, un mal hijo que bebía y un buen hijo que conducía coches de carrera. Apreciaba a Hugh y siempre que podía hablaba con él —a veces desde una caja a otra, clientes y carritos de por medio— acerca de sus dientes, sus hijos, el cáncer de su suegra, el embarazo de su perra y sus complicaciones; le ofrecía cachorros; comentaban las películas y programas de televisión. Desde que él entró a trabajar lo llamaba Buck.

—Buck Rogers en el siglo veintiuno, apuesto a que eres demasiado joven para recordar al verdadero. —Y se rio de la paradoja.

Esa mañana le dijo:

—Te has quedado dormido, Buck. Deberías avergonzarte.

—Me he levantado a las siete —replicó.

—¿Y entonces para qué has corrido? Echas humo.

Él no supo qué contestar, y luego suspiró.

—Estuve corriendo. Ya sabes. Dicen que es bueno.

—Sí, hubo un *best seller* sobre eso, ¿no? Es como trotar, solo que mucho más agotador. ¿Cómo lo haces? ¿Das diez vueltas a la manzana o vas a un gimnasio?

—Solo corro —dijo Hugh, lamentando responder al solidario interés de Donna con una mentira; sin embargo, nunca le pasó por la mente la idea de hablarle del arroyo—. Tengo unos kilos de más. Se me ocurrió intentarlo.

—Puede que estés gordo para tu edad, pero para mí estás bien —contestó ella, mirándolo de arriba abajo. Hugh se sintió muy complacido.

—Estoy gordo —dijo, palmeándose el vientre.

—Un poco gordo, quizá. Pero fíjate en el esqueleto que tienes que llevar. ¿De dónde lo has sacado? Tu madre es tan pequeña y delgada que me cuesta creerlo. Tu padre tuvo que haber sido un hombre grande; saliste a él, ¿verdad?

—Sí —respondió Hugh, volviéndose para ponerse el delantal.

—¿Está muerto, Hugh? —preguntó Donna, y en su voz había una autoridad maternal que él no podía ignorar ni evadir, y a la que no sabía cómo responder de manera adecuada. Negó con la cabeza.

—Divorciado —dijo con naturalidad, considerándola una opción sin duda preferible a la muerte. Hugh, para cuya madre esa palabra era una obscenidad impronunciable, habría asentido con alivio, pero tuvo que sacudir la cabeza otra vez—. Se largó —dijo—. Tengo que ayudar a Bill con las cajas.

Y se marchó. Se marchó, huyó, se escondió. Entre las cajas, entre las latas de beicon sintético y el toma y daca de billetes y el parpadeo de las cajas registradoras, en cualquier lugar, uno podía esconderse en cualquier lugar, y ningún lugar era mejor que otro.

Pero de cuando en cuando, mientras seguía con su trabajo, imaginaba el agua del arroyo en la boca y en los labios. Anhelaba beber esa agua otra vez.

Se llevó a casa la idea que Donna le había dado.

—Creo que voy a levantarme temprano para salir a correr —dijo durante la cena. Comieron en bandejas individuales frente al televisor—. Por eso me levanté temprano esta mañana. Para probar. Creo que cuanto más temprano mejor. Tal vez a las cinco o a las seis. Cuando no hay coches en las calles. Y está fresco. Así no te molestaré mientras me preparo para ir a trabajar. —Su madre empezaba a mirarlo con extrañeza—. Si no te importa que salga antes que tú. No me siento en forma. Estar de pie en la caja registradora no es el mejor ejercicio, supongo.

—Mejor que estar sentado detrás de un escritorio todo el día —dijo ella, lo cual lo sorprendió como un ataque inesperado; hacía meses, antes incluso de marcharse de la última ciudad, que no mencionaba nada relacionado con la escuela de Biblioteconomía. Tal vez solo se refería al trabajo de oficina, como el de ella. No estaba hablando con aquel filo de cuchillo en la voz, pero el tono era alto, irritante.

—¿Te molestará que me levante temprano y me vaya un par de horas? Puedo regresar cuando salgas al trabajo y desayunar después.

—¿Por qué habría de molestarme? —dijo ella, mirándose los hombros huesudos y arreglándose las cintas del vestido de verano. Encendió un cigarrillo y clavó los ojos en la pantalla del televisor, donde un reportero narraba un accidente aéreo—. Eres perfectamente libre de ir y venir; después de todo, vas a cumplir veintiún años. No es necesario que me consultes cada cosa que quieres hacer. Yo no puedo decidirlo todo por ti. Lo único que te pido es que no dejes nunca la casa sola por la noche; me llevé un susto terrible anteanoche cuando llegué y no había ninguna luz encendida. No es más que un asunto de sentido común y consideración hacia los demás. Hemos llegado a un punto en que una persona ya no está a salvo ni en su propia casa.

Había comenzado a hablar entre dientes y a golpear el filtro del cigarrillo con el pulgar. Hugh estaba tenso, esperando con temor que ella perdiera la cabeza; pero dejó de hablar y clavó otra vez la mirada en el televisor. Él no se atrevió a seguir con el tema. Hasta que se fue a la cama, no volvió a decir nada más. Normalmente, él se habría doblegado ante la amenaza de histeria y no habría hecho lo que hubiera querido hacer; pero en esa ocasión estaba decidido. Tenía sed; tenía que beber. Se levantó a las cinco, y aún no se había despertado del todo cuando ya estaba en pie, junto a la cama, con la camisa puesta.

El apartamento se veía extraño bajo aquella nueva luz, la semipenumbra del amanecer. No se puso los zapatos hasta encontrarse en los peldaños de la entrada. Los rayos del sol irrumpían horizontalmente en las calles traseras. La carretera de Oak Valley dormitaba bajo una sombra fresca y azul. No llevaba puesta la chaqueta y sintió frío. Impaciente, se anudó mal los cordones de los zapatos y tuvo que pelear con los nudos, como un niño que va a llegar tarde a la escuela; y entonces salió. Al trote. No le gustaba mentir. Había dicho que salía a correr, y así lo hizo.

Trotando y caminando cuando se quedaba sin aliento, y esforzándose cada vez con mayor dificultad para reanudar la carrera, le tomó poco menos de una hora llegar hasta el bosque al otro lado del terreno baldío. Se detuvo en el umbral de la floresta y miró su reloj. Eran las seis menos diez.

A pesar de que los árboles no crecían muy apretados, el bosque era un lugar completamente diferente al campo abierto, tan distintos como un interior y un exterior. A los pocos metros, la cálida y brillante luz del sol apenas aparecía en escasas brechas entre las hojas y sobre la tierra. Desde que dejó atrás las calles suburbanas, no había visto a nadie. No había cercas que marcaran límites, aunque en la linde del bosque había una hilera de estacas de madera podrida, unidas por alambres viejos y enredados. De cuando en cuando un sendero se desviaba hacia los arbustos y el follaje, pero él siguió su camino sin vacilar. Vio un trozo de papel de aluminio atrapado entre las espinas de una zarzamora, pero no vio latas de cerveza, condones, pañuelos de papel, ni envoltorios de golosinas. Poca gente pasaba por allí.

El camino dobló hacia la izquierda. Buscó con la mirada el pino alto, de tronco rojizo y áspero, y vio las ramas superiores recortadas contra el cielo. El sendero se angostó y comenzó a descender; arbustos altos, el portal del arroyo, y allí estaba, los claros a ambos lados, el movimiento y la canción de las aguas, y el aire frío; el frío del crepúsculo, dulce y claro.

Se quedó en el umbral, bajo los árboles oscuros. Si mirase hacia atrás, pensó, vería la luz del sol a través de los árboles. No volvió la vista. Siguió adelante, caminando lentamente.

Al borde del arroyo se detuvo para quitarse el reloj. El segundero no se movía; el reloj se había detenido a las seis menos dos. Lo sacudió y se lo metió en el bolsillo del pantalón. Se arremangó la camisa por encima de los codos y se puso de rodillas. Con lentitud deliberada se echó hacia delante, inclinando la cabeza, con las manos apoyadas en el fango, y bebió del agua que corría.

Un par de metros río arriba, una roca plana se asomaba al arroyo. Fue a sentarse en ella, inclinándose enseguida para meter las manos en el agua. Luego se las pasó varias veces por la cara y el cabello. La piel de él era blanca, el agua, fría. Advirtió con placer que, en el agua, las manos y muñecas se le ponían tan rojas como salmón en lata. El agua era oscura y, sin embargo, transparente, como cristal ahumado. El fondo arenoso al pie de la roca estaba cubierto de guijarros cuyas texturas y colores el agua acentuaban. Contempló las piedrecitas y la transparente ondulación del agua alrededor; se sentó y miró hacia el cielo descolorido. Allá nada se movía. Varias veces le pareció ver, de soslayo y sobre la copa de un pino que se erguía sobre un risco de la otra orilla, una estrella, pero si miraba directamente no la veía.

Durante un largo rato se quedó inmóvil abrazándose las rodillas, junto al fluir y la música del agua. La brisa fría que corría sobre el arroyo le entró en el cuerpo. Por fin se puso de pie frotándose los brazos, y caminó por la orilla arroyo abajo. Miraba todo con plácida y sosegada curiosidad, pero con prudencia, observando la tierra, las rocas, los arbustos y los árboles, la creciente oscuridad del bosque al otro lado del agua. La tierra era menos húmeda y blanda en esa parte del claro, donde la maleza crecía entre arbustos de un metro de altura más o menos, separados de tal modo que los espacios de hierba se semejaban a pequeños jardines o habitaciones sin techo. Se podría acampar en uno de estos, pensó Hugh. Si tuviera una tienda de campaña... Pero ¿quién la necesita en verano? Bastaría un saco de dormir. Y algo para cocinar. Y cerillas. El fuego podría encenderse sobre esta arena; o en la playa junto a la rocosa escarpa de la orilla. ¿Vale la pena encender un fuego aquí? Porque en verdad no hace falta, a menos que se quiera cocinar algo; aunque un fuego sería una especie de centro: daría calidez... y se podría dormir aquí, pasar la noche entera bajo el cielo junto al sonido del agua.

Siguió caminando y recorriendo el claro, deteniéndose a menudo para admirar cada cosa que veía. Los movimientos de su cuerpo eran amplios, lentos y libres, siempre con esa ligera y plácida dosis de cautela porque era tierra extraña y salvaje. Por último, regresó a la roca, se arrodilló para beber y luego se encaminó al portal de arbustos y pinos, volvió una vez la mirada y abandonó el lugar.

El sendero era empinado, oscuro y difícil de seguir. Las ramas le azotaban el rostro; tenía que echar la cabeza a un lado y cerrar los ojos. Una vez arriba, equivocó el camino en alguna parte y atravesó un área del bosque que no conocía; se trataba de una depresión cubierta de maleza en la que los árboles se alzaban en grupos apretados. Salió a la linde del campo por el punto más hondo del zanjón de basura y maleza, recibiendo la reverberación del sol oriental, los brillantes destellos de la mañana. Una zarzamora le había raspado la frente; se la frotó y luego buscó su reloj en el bolsillo. Funcionaba otra vez, y señalaba las seis y ocho. Era más tarde, por supuesto, ya que no había funcionado durante todo el tiempo que pasó cerca del arroyo; sin embargo, tal vez podría llegar a casa antes de las ocho. Partió, pero no al trote, porque no tenía ánimo para agitarse y jadear, sino a paso firme y ligero. Su mente, vacía de ansiedades y explicaciones, aún permanecía en la quietud del arroyo. Alerta y complacido, atravesó los terrenos baldíos dando trancos, cuesta arriba, entre las monótonas casas de labor junto al camino de grava, dejó atrás el vivero hacia la esquina de la comunidad de Chelsea Gardens, y de calle en calle hasta el 14067½-C de la carretera de Oak Valley. Se dejó entrar, y allí estaba su madre, con su bata de *chintz*, observando; se acababa de levantar. El reloj de la cocina daba las siete menos cinco. El de Hugh, las siete menos cuatro.

Se sentó a la mesita con un gran tazón de cereales y dos melocotones, y comió, porque estaba hambriento; durante las últimas veinte manzanas había pensado sobre todo en desayunar. Sin embargo, mientras comía no pensaba en el desayuno. ¿Cómo pudo tomarle una hora llegar al arroyo, estar allí una hora y otra más para regresar, entre las cinco y las siete? Y eran...

La mente se le resistió. Bajó la cabeza, sintió una opresión en el pecho, pero se adelantó a las palabras. Allí, en el arroyo, era de tarde. Tarde avanzada, oscurecía. Ya había estrellas. Llegó a las seis de la mañana, a pleno sol, y partió también a las seis de la mañana, a pleno sol, y mientras estuvo allí fue de tarde. ¿La tarde de qué día?

—¿Quieres una taza de café? —le preguntó su madre. La voz le chirriaba de sueño, pero no era una voz afilada.

—Claro —dijo Hugh, todavía reflexionando.

Volvió a llenar el tazón con cereales, sin ganas de cocinar mientras ella estuviese allí. Se sentó cavilando, cuchara en mano. Con gesto teatral, su madre colocó frente a él una taza de porcelana.

—Aquí la tiene, majestad.

—*Graz* —dijo, en su jerga matinal para decir «gracias», y siguió comiendo y mirando.

—¿A qué hora has salido? —Se sentó al otro lado de la mesa de formica con su taza de café.

—Cerca de las cinco.

—¿Has estado corriendo durante dos horas?

—No sé. También me he sentado un rato.

—No debes excederte en ningún tipo de ejercicio al principio. Comienza despacio y trabaja gradualmente. Dos horas..., eso es demasiado para la primera vez. No es bueno para el corazón. Como cuando la gente traspala la nieve en invierno la primera vez que nieva, y cientos de ellos caen muertos en la acera cada año. Tienes que empezar despacio.

—¿Todos en la misma acera? —murmuró Hugh, con una vaga expresión de inseguridad.

—Pero, bueno, ¿por dónde has corrido? ¿No has hecho más que dar vueltas y vueltas? Te debe parecer divertido.

—Por allí. Muchas calles vacías. —Se levantó—. Voy a hacerme la cama y eso —dijo. Dio un bostezo enorme—. No estoy acostumbrado a levantarme tan temprano.

La miró. Era tan pequeña y delgada, tan dramática y violenta; habría querido darle una palmadita en el hombro o besarle el cabello, pero odiaba que la tocaran y, de todos modos, él siempre lo hacía mal.

—No has probado tu café —dijo ella. La taza estaba llena; con obediencia se lo acabó en un par de largos sorbos y se marchó a su habitación.

—Que tengas un buen día —le dijo a su madre.

No habría regresado si no hubiese recordado el sabor del agua. Tenía que beber esa agua; ninguna otra aplacaba la sed. Si no fuera por eso, pensó, se habría mantenido alejado porque algo extraño estaba ocurriendo. El reloj no funcionaba allí. O estaba loco, o algo inexplicable sucedía en aquel lugar donde el tiempo parecía desquiciarlo, el tipo de cosa que podía interesar a su madre y su amiga ocultista, pero que para él carecía de sentido. Las cosas comunes eran lo bastante extrañas como para enredarse aún más, y la vida no necesitaba más complicaciones de las que ya tenía. Pero la cuestión era que el único lugar donde no se le complicaba la vida era junto al arroyo, y él tenía que volver allí para estar tranquilo y pensar y estar solo; para beber el agua, para bañarse en ella.

En la tercera visita decidió darse un remojón. Se quitó los zapatos. El arroyo parecía poco profundo. Se metió hasta que el agua le llegó a los muslos; regresó chapoteando hacia la orilla, se quitó los tejanos, la camisa y los calzoncillos, y volvió desnudo al arroyo frío, ruidoso. En la parte más honda, el agua solo le llegaba a las costillas, pero había un lugar en el que podía dar un par de brazadas. Se zambulló, la fuerte corriente lo empujaba, los cabellos le flotaban alrededor del rostro en la extraña claridad oscura de la profundidad. Nadó, se raspó las rodillas con las piedras del fondo, apoyó manos y pies en suaves superficies que no podía ver, luchó entre las rocas, donde la corriente se precipitaba y el agua era blanca y rugiente. Salió del arroyo como un búfalo en embestida, sacudiéndose y saltando, sintiendo frío y un extraño vigor. Se secó con la camisa. Después de aquello, siempre que entraba en el agua se echaba a nadar.

Desde que comenzó a ir al arroyo solo por la mañana, no pensaba en otra cosa que en que no podría pasar la noche allí, tal como había imaginado. Y, en verdad, no sería posible porque allí nunca era de noche, nunca era distinto. No cambiaba. Siempre el crepúsculo. A veces le parecía que estaba algo más oscuro, o algo más claro que la última vez, pero nunca podía asegurarlo.

Jamás había visto la estrella fija encima del árbol alto, pero tenía la certeza de que estaba allí, siempre en el mismo lugar, y el reloj no funcionaba. Era como una isla; el tiempo no transcurría, pasaba por las dos orillas como una corriente de agua alrededor de una roca en la arena. Uno podía ir allí y quedarse, y partir a la misma hora en que había llegado. O casi. Cuando creía haber estado allí durante una hora o más, al regresar a la luz del día el reloj indicaba que apenas habían pasado unos pocos minutos. Tal vez no se detenía, tal vez allí funcionara muy despacio porque el tiempo era diferente, más lento. Aquello era absurdo; no tenía sentido pensarlo.

La cuarta o quinta vez pasó un largo rato en el arroyo, nadando, haciendo un fuego y sentándose junto a él;

a primeras horas de la tarde, trabajando en el Sam's, se sintió aturdido, con sueño. Si se quedaba a dormir junto al arroyo, no tendría que permanecer despierto veinte horas seguidas. Viviría dos vidas. De hecho, viviría dos vidas en el espacio de una. El doble en la misma cantidad de tiempo. Aquello se le ocurrió mientras ordenaba el apio en el mostrador. Se echó a reír y advirtió que le temblaban las manos. Un cliente que examinaba las verduras, un anciano huesudo, vio los champiñones a 2,24 dólares y dijo:

—Esa gente loca que consume alucinógenos debería recibir una lección. —Hugh no supo si el anciano se refería a él, a los champiñones o a alguna otra cosa.

Aprovechó la hora de la comida para ir a la tienda de deportes que estaba en el centro comercial, al otro lado de la autopista. La mayor parte de la paga semanal se fue en un saco de dormir, provisiones para acampar, una buena navaja de doble filo y un irresistible juego de cocina de campaña. Se acercaba a la caja para pagar cuando dio media vuelta y añadió a su compra una barata mochila militar. Al meter los paquetes de comida en la mochila, se dio cuenta de que no podía llevarlos a casa.

Esa noche su madre no iba a salir. Estaría allí cuando él llegase. ¿Qué es todo eso, Hugh? ¿Para qué quieres una mochila y un saco de dormir? El más barato cuesta una fortuna. ¿Para qué crees que te servirán tantas cosas caras? Había sido un tonto al comprar todo eso, cada una de esas cosas. ¿Qué creía que estaba haciendo? Cargó con todo hasta Sam's Thrift-E-Mart, lo guardó en el congelador del almacén, y fue a ver al gerente y le preguntó si podía irse una hora antes.

—¿Para qué? —dijo el hombre amargado, acurrucado en la oficina atiborrada de envases vacíos de yogur de frambuesa y que olía a leche agria y tabaco.

—Mi madre está enferma —dijo Hugh.

Al decirlo palideció, y el rostro se le cubrió de sudor.

El gerente lo miró, tal vez intimidado, tal vez indiferente. Tras unos segundos interminables, dijo:

—De acuerdo. —Y le dio la espalda.

Hugh salió de la oficina sintiendo que el suelo y las paredes temblaban y oscilaban. El mundo se hizo blanco y pequeño como la clara de un huevo, el blanco de un ojo. Estaba enfermo. Ella estaba enferma, sí, estaba enferma, y necesitaba ayuda.

Sí que la ayudo. Dios mío, ¿qué puedo hacer que no esté haciendo? No voy a ningún sitio, no conozco a nadie, no estudio, trabajo cerca de casa, donde ella puede encontrarme cuando quiera, estoy en casa todas las noches, paso con ella los fines de semana, todo lo que pide... ¿Qué puedo hacer que no haga?

Acusarse a sí mismo, lo sabía, era injusto. Y no importaba si era justo o injusto: era un juicio; no podía escapar a él. Sentía el estómago revuelto y aún estaba un poco mareado. Terminó con torpeza su jornada, cometiendo errores estúpidos una y otra vez. Era viernes, había mucho trabajo. No podía cerrar la caja hasta las cinco y diez, y eso si conseguía que Donna lo reemplazara.

—¿Estás enfermo, cariño? —preguntó cuando él le dio la llave de la caja. Hugh no se atrevía a repetir la mentira por miedo a que se convirtiera otra vez en verdad.

—No lo sé —dijo.

—Tienes que cuidarte, Buck.

—Lo haré.

Torpe y vacilante, se encaminó al almacén por los pasillos atiborrados. Extrajo la mochila y el saco de dormir del congelador, y salió a la calle; no fue hacia el oeste, sino hacia el este, hacia la fábrica de pintura, el terreno baldío, el portal del arroyo. Tenía que llegar allí. Todo se arreglaría cuando llegase allí. Era su lugar. Allí estaba bien.

Hacía un calor abrasador. Empapado en sudor y con la boca reseca como la cal, Hugh penetró en el bosque, dejando detrás el calor y la luz a medida que el sendero descendía y cruzaba el umbral del ocaso. Dejó su carga y fue, como de costumbre, directamente a la orilla; se arrodilló y bebió. Luego, desnudo, entró en el arroyo. Ahogó un grito de doloroso éxtasis al contacto del agua fría, el empuje, la fuerza y la turbulencia de la corriente, la áspera superficie de las rocas bajo las plantas de los pies y en las manos. Se deslizó hacia la parte profunda, se sumergió y dejó que el agua lo llevara, el agua en él, él en el agua, una oscura alegría. Todo lo demás olvidado.

Salió a la superficie cegado por su propio pelo, flotó un rato bajo el círculo del cielo despejado e incoloro, y por fin, con los huesos calados de frío, tocó fondo y salió chapoteando hacia la orilla. Siempre entraba en silencio, con reverencia, y salía alegre, cargado de vida. Se secó, se puso los tejanos y se sentó junto a la mochila para abrirla ceremoniosamente. Levantaría un campamento; prepararía la cena. Extendería la cama allí, y luego, cobijado por los arbustos, se acostaría y dormiría junto a la corriente de agua.

Despertó bajo los árboles oscuros, con el olor a menta y hierba inundándolo todo. Un viento suave le acarició el rostro como una mano transparente y oscura.

Era un despertar extraño, lento. Aunque no había soñado, le pareció que estaba soñando. Sentía una confianza y una seguridad completas. Había estado tendido y durmiendo en el suelo, y el suelo le pertenecía. Nada malo podía ocurrirle. Aquel era su país.

Se puso de pie y se lavó en el arroyo; de rodillas junto al agua miró la pálida hierba del otro lado, los arbustos y el follaje oscuros, la claridad del cielo sobre los árboles. Entonces se levantó y cruzó el arroyo, descalzo, no por el agua esa vez, sino saltando de roca en roca, hasta que con un paso largo y final llegó a la arena de la orilla más lejana. También en aquella ribera, entre la maleza, crecía la menta. Arrancó una hoja y la masticó con unción. No había frontera. Todo aquello era su país. Pero ya había llegado bastante lejos; no iría más allá. Parte del placer de estar en ese lugar consistía en poder escuchar y obedecer los impulsos y las órdenes que emanaban de él mismo, sin ningún tipo de presión ajena que los distorsionara. En aquella obediencia, por primera vez desde niño, sintió la embriaguez de la libertad, la calma del poder. Entonces decidió no alejarse más. Lo haría cuando se decidiera. Con la hoja de menta en la boca, cruzó de nuevo el arroyo a pasos largos y firmes.

Se vistió, dobló el saco de dormir y lo ocultó cuidadosamente en un hueco al pie de un arbusto, metió la comida en la mochila y la puso en la horquilla de un árbol —había leído que eso la mantenía a salvo de algo (¿osos, hormigas, osos hormigueros?); de cualquier modo, aquello le pareció mejor que dejarla en el suelo—, luego se arrodilló para beber una vez más, y se marchó.

Llegó a la carretera de Oak Valley a las siete de la

tarde del día en que había salido del trabajo a las cinco y quince. Su madre no había preparado la cena; hacía demasiado calor para cocinar, dijo. Salieron a comer una hamburguesa y luego fueron al cine. Hugh pensó que, después de haber dormido junto al arroyo, pasaría la noche despierto, pero durmió profundamente. Se despertó más temprano y con mayor facilidad que nunca, a las cuatro y media, antes del amanecer, en el otro ocaso, el primero, el de la mañana. Para cuando llegó a los bosques, el sol había salido con un tremendo esplendor estival. Se alejó de aquello, bajando a la tierra del crepúsculo, tranquilo y ansioso, listo para cruzar el arroyo y explorar, para aprehender aquel reino más allá de la razón y de la duda; su propio lugar, su propio país. Se arrodilló a beber junto al arroyo transparente y oscuro. Cuando levantó la cabeza del agua para ver adonde iría observó que, frente a él, al otro lado del brillante, sinuoso y continuo movimiento del agua, en la orilla opuesta había un letrero clavado a una estaca hundida en la arena, en el que con palabras negras sobre fondo blanco estaba escrito: NO PASAR, PROPIEDAD PRIVADA.

2

Tal vez ahora el camino estuviese cerrado para siempre, eliminado. Ir al bosque de Pincus y al lugar donde debía estar, y ver la estúpida luz del día, los polvorientos matorrales, la alcantarilla, por último, la cerca de alambre de espino que atravesaba la primera cuesta de la colina, sin camino que bajase, sin portal; no tenía sentido hacer aquello una y otra vez. La primera vez que lo había encontrado cerrado, hacía dos años, ella se quedó allí, donde se suponía que debía estar, y quiso abrirlo, lo quería abierto, se lo ordenó. Y regresó al día siguiente, y al otro, y se acurrucó, y lloró. Volvió después de una semana y el camino estaba allí, y ella sencillamente entró, así de simple. Pero no podía contar con eso. Era probable que no estuviese allí. Durante meses ni siquiera lo había intentado; era estúpido seguir intentándolo. Hacía que se sintiese idiota, como una niña jugando al escondite sin nadie con quien jugar. Pero el camino estaba allí. Ella entró en el ocaso.

Siguió adelante, mirando de soslayo, desconfiada, caminando como si le pudieran quitar el suelo bajo los pies como una alfombra. Entonces se dejó caer de rodillas y besó la tierra, apretando la cara contra el polvo como un niño de pecho.

—Así —susurró—, así. —Se levantó y estiró el cuerpo hacia el cielo, luego se acercó al arroyo, se lavó la cara y los brazos, bebió, respondió al canto alto y continuo del agua—: Así eres tú, así soy yo, así. —Se sentó con las piernas cruzadas en la roca de la orilla, en silencio, con los ojos cerrados como intentando contener una alegría incontenible.

Hacía mucho tiempo, pero nada había cambiado, nada cambió nunca. Aquí era siempre. Tenía que hacer lo que había hecho a los trece años, cuando encontró por primera vez el lugar del comienzo, antes siquiera de haber cruzado el río; podía hacer las cosas que solía hacer, la oración del fuego y la danza eterna, cuando río arriba enterró las cuatro piedras al pie del árbol gris. Aún estarían allí. Nada podría moverlas. Cuatro piedras en un cuadrado: negra, gris azulada, amarilla y blanca, y en el centro, las cenizas de la ofrenda quemada, la figura de madera que ella había tallado. Todo aquello había sido una tontería de niños. Las cosas que la gente hacía en la iglesia también eran tontas, pero había razones para hacerlas. Si le apetecía, bailaría la danza eterna. De eso se trataba. No tenía fin. Aquel era el lugar donde ella hacía lo que quería, donde ella era ella, ella misma. Estaba en casa, en casa... No, camino a casa, de nuevo y por fin en camino, ahora podía ir, ahora iría a casa, a través del triple río y por la montaña oscura.

Se puso de pie y, con los brazos estirados y las manos en cuenco como si llevara campanas o bolas de fuego o agua, bailó sobre la roca con movimientos rápidos, sinuosos, y bailando llegó a la playa, al cruce... y se detuvo en seco.

A pocos metros río abajo, sobre la arena, en medio de un círculo de piedras, vio las cenizas de una fogata.

No lejos de allí, utensilios y paquetes medio escondidos bajo las ramas inclinadas de un saúco. Plástico, acero, papel.

En silencio, dio un paso adelante. Las cenizas aún estaban calientes: sintió el olor a quemado.

Allí no acudió nadie. Nadie. Nunca. Solo de ella era el lugar. El portal, el camino, solo de ella. ¿Quién, oculto, había observado su danza, riéndose? Se volvió, dispuesta a desafiar al enemigo, ¡vamos, sal!, cuando, en una conmoción de pánico que la dejó sin aliento, vio el brazo enorme y blanco que emergía de la hierba, una cosa monstruosa extendida en el suelo, un saco de dormir color barro, alguien en un saco de dormir junto a los arbustos. Fue tal la impresión que se dejó caer, agazapándose temblorosa, hasta que por fin recuperó el aliento y la blancura que tenía delante desapareció. Entonces, con cautela, se levantó y miró a través de las matas de la orilla. Solo sabía que el saco de dormir estaba inmóvil. Si daba otro paso adelante, dejaría una huella en la arena. Retrocedió hasta la roca, pasó de allí a la hierba y por detrás de los arbustos hasta tener una mejor vista del intruso.

Una cara blanca y pesada, descolorida por el sueño, la boca abierta, el pelo claro y suelto, el largo montículo del saco como una bolsa de basura, como el excremento de un perro en el suelo del lugar que amaba, el suelo que ella había besado, el suyo, el país anhelado.

Permaneció allí, tan inmóvil como el intruso. De pronto, dio media vuelta y se marchó, rápida, ligera y silenciosa, hacia el cruce y por el camino conocido, de roca en roca sobre el agua alegre hacia la otra orilla, hacia la carretera sur; sin correr ni trotar, con un paso ágil que iba dejando distancias tras ella. Caminaba con la vista fija hacia delante, y sin ninguna idea clara en la mente, solo la resaca del terror y la rabia, y una vez desaparecidas, la seca vacuidad que conocía tan bien, y que tal vez fuera dolor.

No había dónde, dónde ir, dónde estar. Tampoco allí; ni paz ni sitio.

Pero el camino mismo le decía: «Vas a casa». La piel tocaba el aire del país anhelado, los ojos miraban los bosques sombríos. El ritmo de los pasos, de las subidas, las bajadas, las corrientes de agua, los largos ritmos de la tierra calmaban el dolor, llenando por fin el vacío. Cuanto más se acercaba al ocaso, más pertenecía a él, hasta que todo pensamiento del mundo diurno desaparecía, y hasta el recuerdo del intruso en el lugar del comienzo llegaba a borrarse; la mente se le concentró en lo que ocurría mientras caminaba y en el objeto de este caminar. El bosque oscurecía, el camino subía empinándose. Hacía tiempo que había llegado a Pueblo de la Montaña.

Y un largo camino. Siempre olvidaba cuán largo, cuán difícil. Cuando lo encontró por primera vez, solía interrumpir el viaje con una siesta en Río Tercero, al pie de la montaña. Desde los dieciséis años era capaz de llegar hasta Tembreabrezi sin detenerse un momento, pero era duro, cuesta arriba, con oscuras pendientes que subían y bajaban, siempre más largas de lo que recordaba. Tenía callos en los pies, las piernas débiles y mucha hambre cuando por fin llegó a la carretera y a la larga curva. Pero en eso consistía el placer; llegar allí exhausta, necesitando comida, calor y descanso, feliz de ver las ventanas iluminadas en el frío de la ladera y el cielo, y oler el humo de las chimeneas, ese olor que desde los antiguos comienzos susurra: «Estás saliendo del desierto, estás llegando a casa». Y oír las voces que la llamaban.

—¡Irena! —gritó la pequeña Aduvan en la calle, frente al jardín de la posada, con temor al principio, pero luego riendo y llamando a sus compañeras—: *Irena tialohadji!* —«¡Irena ha regresado!».

Irene abrazó a la niña hasta hacerla chillar, y las cuatro pequeñas chillaron también con dulces y finas voces pidiendo ser abrazadas y bailando alrededor. Al fin Palizot se asomó al jardín a ver qué era tanto alboroto, y salió secándose las manos en el delantal, tranquila, y diciendo:

—Entra, entra, Irena. Has hecho un largo viaje, debes de estar cansada. —Así había recibido a Irene la primera vez que viniera a Pueblo de la Montaña, con catorce años, hambrienta, sucia, cansada, asustada. Entonces no entendía el idioma, pero había comprendido las palabras de Palizot: «Entra, pequeña, ven a casa».

El fuego ardía en el gran hogar de la posada. Un magnífico aroma a cebolla, repollo y especias invadía las habitaciones. Todo estaba como entonces, como tenía que estar, con un par de novedades: el suelo cubierto con una alfombra de paja rojiza en lugar de la arena esparcida sobre la madera desnuda.

—Es agradable, más cálido —dijo Irene.

Palizot, complacida pero juiciosa, comentó:

—Todavía no sé lo que podrá durar. Vamos junto al fuego, a la luz. ¡Sofir! ¡Ha venido Irena! ¿Te quedarás un tiempo con nosotros, *levadja*?

«Niña», quería decir la palabra, «querida niña»; también añadían el «adja» al final de los nombres para hacerlos más cariñosos. Le encantaba que Palizot la llamara así. Asintió, pues ya había resuelto pasar allí doce días, dormir del otro lado del camino. Trató de ordenar las palabras para hacer una pregunta, pero no las encontró porque hacía meses que no hablaba el idioma.

—Palizot. Dime: desde la última vez que estuve aquí, ¿ha venido alguien por la carretera sur?

—Nadie ha venido por ninguna carretera —fue la extraña respuesta de Palizot, de voz serena y grave.

Entonces, Sofir subió de la bodega con el cabello negro y espeso cubierto de telarañas. Era un barítono, con el pecho tan grueso como las caderas, de modo que hubieran podido cortarlo en secciones redondas y regulares como el tronco de un árbol. Abrazó a Irene, le apretó las manos rugiendo con alegría:

—¡Mucho tiempo, Irenadja, mucho tiempo, pero has vuelto!

Le dieron su cuarto favorito, y ayudó a Sofir a cargar leña para la chimenea. Encendió el fuego enseguida, calentando y ventilando la habitación, que parecía no haber sido usada hacía mucho tiempo. No había más huéspedes en la posada. En sí aquello no era nada inusual, pero comenzó a notar otras señales de que pocos viajeros habían pasado por allí últimamente. A juzgar por su aspecto, los jarrones de cerveza, colgados en fila en la pared, hacía mucho que no eran usados para alguna ruidosa velada de comerciantes o para atender una fiesta de compradores de ropa del llano. Fue a ver qué animales había en el establo, pero no quedaba ninguno, los pesebres y los bebederos estaban desiertos. Pese a la excelente cocina de Sofir, la cena fue de lo más vulgar, y faltaron los deliciosos panes de trigo. Solo el espeso y oscuro potaje hecho con los granos que ellos mismos cultivaban en la montaña. Había en Sofir y en Palizot un aire de conflicto o constreñimiento, pero no dijeron nada directamente relacionado con la mala marcha de los negocios, e Irene consideró que no podía hacer preguntas. Para ellos, todavía era «la pequeña», bienvenida y querida porque no era parte de las adversidades y angustias cotidianas. Estar con ellos era siempre estar de vacaciones afectivas y, aunque quisiera, no habría podido cambiarlo. Como siempre, no hablaron de nada importante, pues lo importante era el amor que había entre ellos.

Después de cenar, vinieron algunos vecinos a pasar la velada. Sofir atendió el bar en el salón de los hombres. Las mujeres se unieron a Palizot junto al hogar en la acogedora habitación contigua a la cocina. Bebieron cerveza y charlaron; el viejo Kadit tomó un cuarto de pinta de aguardiente de manzana. Irene bebió un vaso muy pequeño de cerveza, pues era muy fuerte, y ayudó a Palizot a coser remiendos. Detestaba la costura, pero hacerlo con Palizot era un viejo placer, una de las cosas en que pensaba con añoranza en el otro lado del camino: los restos de lana de colores suaves, la luz del hogar y de la lámpara, el rostro largo, grave y sereno de Palizot, la discreta voz de las mujeres y la sonora risa de Kadit, el barullo de los hombres hablando en el salón, su propia somnolencia, la quietud de la casa vieja y grande, y la paz de las calles del pueblo, de los bosques cercanos.

Cuando las lámparas estaban encendidas, y las cortinas y las persianas cerradas, siempre parecía que fuera fuese de noche. Ella no abría los postigos hasta levantarse, después de despertar, cuando la inmutable penumbra recordaba al atardecer de una mañana de invierno. Así era como hablaba la gente del pueblo, diciendo «mañana», «mediodía» y «noche». Aprendiendo su idioma, Irene había conocido esas palabras, pero no siempre acudían incuestionadas a su boca. ¿Qué significado podían tener allí? A Palizot no podía preguntárselo, ni a Sofir, ni a Trijiat, madre de Aduvan, ni a las demás mujeres que quería; las preguntas no le salían claras; ellos se reían y decían: «¡Niña!, la mañana viene antes del mediodía, y después viene la noche». Les divertían las dificultades de ella con el idioma y, siempre que no cuestionase las costumbres del lugar, estaban dispuestos a ayudarla.

No había en Pueblo de la Montaña nadie que fuera capaz de hablar de semejantes asuntos excepto el Amo. Así, solía planear preguntarle por qué allí no había mañana ni noche, por qué el sol nunca salía y, sin embargo, tampoco se veían las estrellas, cómo podía ser aquello. Pero nunca le preguntó nada al respecto. ¿Cómo se decía «sol», «estrella», en su idioma? Y si ella dijera: «¿Por qué aquí nunca es de noche o de día?», parecería algo estúpido, ya que «día» significaba «despertar» y «noche», «dormir», y ellos se despertaban y trabajaban y dormían como cualquiera del otro lado. Podía comenzar a explicar: «En el lugar de donde vengo hay un fuego redondo en el cielo», pero, en primer lugar, sonaría como un cavernícola de Hollywood y, en segundo lugar y, sobre todo, nunca hablaba del lugar de donde venía. Desde el comienzo, desde la primera vez que atravesó el camino, la primera vez que cruzó Río Primero, la primera vez que llegó a Pueblo de la Montaña, sabía que no se debía hablar de un lugar en el otro lugar. No debía contar de dónde venía si no se lo preguntaban, y nadie se lo preguntaba, en ninguno de los dos países.

Tenía la certeza de que el Amo algo sabía de la existencia del camino. Quizá supiera mucho más que eso. Aunque ella no terminaba de admitirlo, creía interiormente que en realidad él sabía mucho más que ella, y que llegado el momento se lo explicaría todo. Pero no se atrevía a preguntarle. Todavía no era el momento. Sabía tan poco, aun entonces, acerca del país anhelado, excepto de la carretera sur, y del pueblo mismo, y de la gente, con sus negocios y enemistades y bromas y artes y chismorreos y hábitos, que nunca se cansaba de aprender, y de su idioma, en el que era capaz de mantener una charla y que, sin embargo, a veces no entendía en absoluto. Fuera del benigno centro del hogar siempre yacía el ocaso y el silencio, lo inexplicado, lo inexplorado. Había agradecido que fuese así. Había deseado que allí nada cambiara. Pero esa vez, incluso la primera noche, frente a la chimenea, sintió que el círculo se había roto. Ya no era seguro. Aunque tanto ellos como ella desearan lo contrario, ya no era una niña.

Después de desayunar salió a pasear con Trijiat, y luego llevó a Aduvan y a su pequeño hermano al zapatero, al otro extremo del pueblo, para que arreglara los zapatos buenos de su madre. La niñita habló todo el camino y el niñito chirrió como un grillo. Tenían las cabezas repletas de historias de fantasmas y leyendas que les habían contado, y no dejaban de preguntar a Irene si no sentía miedo cuando caminaba por la montaña. El pequeño Virti tomó la delantera, se escondió detrás de un porche, y le saltó encima lanzando terroríficos chillidos como un grillo histérico mientras Irene representaba oportunos gritos de terror y de espanto.

—Tienes que caerte —dijo Virti, pero ella se negó.

Una vez cumplido el encargo, dejó a los niños con la abuela y, alejándose de la calle principal, se encaminó ladera arriba al más empinado de los angostos caminos de piedra, tan empinado que, a trechos, el sendero se quebraba en escalones, como una persona que rompe a reír o a hipar, y luego continuaba su sobrio ascenso, hasta que aparecía otro grupo de escalones. En la cima se encontraba el muro del jardín del feudo, y el gran arco del pórtico dibujándose contra el cielo despejado. Antes de traspasarlo, Irene vaciló por un instante, y levantó la vista hacia la casa del Amo.

Una docena de gabletes y buhardillas se oscurecieron, como ángulos sombríos en el cielo; ninguna de las ventanas, muchas de ellas de cristal, se encontraban al mismo nivel, de modo que era imposible contar las plantas de la casa excepto por la evidencia de tres grandes vigas que asomaban en la fachada. La puerta era maciza, de doce paneles. Mientras alzaba la aldaba de bronce y golpeaba en el disco bruñido, a Irene se le ocurrió que en el otro lado había soñado con aquella puerta muchas veces.

Fimol, el ama de llaves, erguida e imperturbable en un largo vestido gris de cuello alto, abrió la pesada puerta y dio la bienvenida a la visitante. Fimol nunca sonreía, e Irene siempre le había mostrado un temeroso respeto. Al seguirla advirtió, y casi se sintió desleal, que la cabeza de Fimol estaba cubierta de canas, y que su rígida figura era mucho más delgada, el cuerpo de una frágil y envejecida mujer. Entraron en el salón de la casa.

Aquella alta habitación era el centro de todo. Frente al largo muro de paneles de caoba, había doce altos vitrales que daban al jardín terraza. El escaso mobiliario era de caoba tallada; las alfombras —carmesí, naranja y marrón—, tejidas en el país, daban calidez a la habitación incluso cuando las lámparas estaban apagadas y por las ventanas solo entraba la penumbra clara y constante. En paredes opuestas había dos enormes chimeneas y, sobre cada una de ellas, muy por encima del espacioso hogar y de la repisa, colgaba un retrato; una dama rígida y melancólica miraba con grandes ojos negros el otro extremo de la estancia, hacia su señor, quien escondía bajo el manto la mano de un tullido brazo derecho, devolviéndole a la vez una mirada sombría. A la derecha de aquella última chimenea, junto a la puerta de acceso al despacho, el Amo conversaba con Gahiar, el tallador de piedra. Al ver a Irene entrando con el ama de llaves, le echó aquella ancestral mirada sombría; luego cambió de expresión, le dio la espalda a Gahiar y, cruzando la larga habitación, se le acercó con los brazos extendidos.

—¡Irena, has venido! —Era el recibimiento que tantas veces ella había imaginado en sus ensoñaciones, pero sin expectativas, y sin preguntarse qué ocurriría después.

El Amo o alcalde de Tembreabrezi era un hombre delgado y de tez aceitunada, nariz aguileña y ojos oscuros. Vestía pantalón, chaleco y chaqueta negros, tejidos a mano, gastados y primorosamente zurcidos. Un hombre duro, un hombre oscuro. Ella lo amaba desde la primera vez que le vio la cara.

La condujo a su despacho, donde el hogar estaba encendido y las cortinas corridas, como protegiendo el cuarto del gris de un día de invierno. Le dijo que se sentara y, asistida por la dignidad de su indumentaria, la falda roja y la blusa tejida a mano que Palizot guardaba para ella, se sentó sin apuro. Él permaneció de pie, junto al escritorio en el que trabajaba, en la misma posición —era un hombre al que rara vez se veía sentado— y posó sobre ella su intensa mirada. Irene respiró profundamente y se quedó quieta, con las manos en el regazo.

—Ha pasado mucho tiempo, Irena —dijo él.

—No podía venir.

—¿El camino...?

—No podía... encontrar... —Como tampoco podía encontrar las palabras que necesitaba—. El lugar —dijo, y luego, recordando cómo llamaban al gran arco de piedra que se abría en el muro de la heredad—: El portal. Estaba cerrado.

—No podías caminar por la carretera —dijo él, sin impacientarse por el vacilante e intimidante tono de la muchacha.

—Cuando yo... cuando conseguí acercarme a la carretera, pude caminar por ella... Pero en un principio... —Calló de nuevo.

—Tenías miedo.

La voz de él era suave; ella nunca lo había oído hablar con tanta suavidad.

—Cuando entré en el portal... había pasado tanto tiempo... Y allí, en el lugar del comienzo, junto al río, había...

Él susurró una palabra, la misma que el pequeño Virti gritó cuando estuvo jugando a monstruos, y por la que Aduvan lo había regañado: «Calla, no digas eso»; los dos niños sobreexcitados, al borde de las lágrimas. Un brazo enorme, pálido y deforme estirado sobre la hierba.

—Un hombre —dijo ella—. Un extraño.

El Amo escuchaba, concentrado, alerta.

—Un extraño, como yo. No como yo, pero... —No sabía cómo decirlo de otra forma. El Amo, evidentemente comprendiendo, asintió una vez.

—¿Hablaste con él?

—No. Estaba dormido. Pasé de largo. No quería..., tenía miedo... —Calló una vez más.

No podía explicar esa primera reacción de pánico. Con toda seguridad, él entendería que una mujer sola pudiese tener miedo de un desconocido. Pero ella no era capaz de expresar la rabia que sentía al recordar el miedo que había tenido por aquel extraño durmiendo con expresión grotesca rodeado de desechos plásticos: la sensación de profanación y de peligro. Se apretó con fuerza las manos sobre el regazo, luchando de nuevo por encontrar las palabras que quería, forzándose a hablar—. Si él encontró el portal, tal vez otros lo encontrarán. Hay... allí hay tanta tanta gente...

Si el Amo comprendió lo que ella quiso decir con «allí», la única respuesta fue un entrecejo fruncido.

—¡Tienes que vigilar tus muros, Amo! —exclamó desesperada. Habría dicho «fronteras», pero no conocía tal palabra en el idioma de él, ni tampoco «linde», o «cerca», solo la palabra que designaba un muro de madera o piedra.

Él asintió, pero dijo:

—No hay muros, Irena. Y ahora, para nosotros, no hay caminos.

El tono de la voz de él hizo que Irene se quedara callada. Él se acercó al escritorio y continuó enseguida, con el mismo sosiego forzado:

—No podemos ir por los caminos. Están cerrados. Sabes que algunos nos han estado vedados durante largo tiempo. La carretera sur, tu carretera... Sabes que no la utilizamos. —Ella lo desconocía, y lo miró desconcertada—. Pero teníamos los pastizales de verano y el Paso Alto, y todos los caminos orientales, y la carretera norte. Ahora no tenemos nada de eso. Nadie viene desde Tres Fuentes, o de las aldeas al pie de la montaña. Ni comerciantes, ni mercaderes. Nadie de los llanos. Ni noticias de la Ciudad del Rey. Durante un tiempo pudimos ir hacia el oeste, montaña arriba, por los senderos; pero ahora, no. Todas las puertas de Tembreabrezi están cerradas.

No había puertas que cerrar. Solo la calle que conducía a la carretera sur y a la carretera norte, y los senderos que al este y al oeste subían y bajaban de la montaña, todos abiertos, sin puertas ni barreras.

—¿Es el Rey quien dice que no podéis usar las carreteras? —preguntó Irene, frustrada y sin entender.

De inmediato se alarmó por la temeridad con que interrogaba al Amo. Después de todo, aprender el idioma no había sido como aprender castellano en el colegio: *the house*, «la casa», *the king*, «el rey»... La palabra *rediai*, que ella creía que significaba «rey», no necesariamente significaba rey, o lo que ella entendía por rey; el único modo de saber su significado era oyendo cómo se empleaba, algo que no sucedía a menos que se hablara de la Ciudad del Rey. Quizá se debía al año de castellano y a la sílaba inicial «re» que ella decidió que la palabra significaba rey. No tenía modo de comprobarlo. Temía haber dicho algo estúpido, sacrílego. El Amo desvió una mirada oscura, e Irene observó que sus manos se aferraban al escritorio.

Tal vez ni siquiera había escuchado la pregunta.

—Ese extraño —dijo, volviéndose, pero sin mirarla, con voz muy baja, aunque áspera. Y también él vaciló.

—Podría tratarse de... un error..., tal vez equivocó el camino... —Un mendigo, quiso decir ella. Un vagabundo, un perdido, acampando allí sin advertir nada acerca del lugar, tal vez para él no había nada de especial en aquel sitio, tal vez no había cruzado ningún umbral, y partiría al día siguiente, probablemente haciendo autoestop, hacia la ciudad; ya se había ido, no era de allí.

Quiso decir todo eso, pero no pudo. Ya estaba segura de que era verdad. Era la verdad que ella deseaba, y también el Amo, pues parecía considerar esta posibilidad con evidente alivio. Tal vez no estuviese convencido, pero ella le había dado parte de la esperanza que necesitaba. Al fin la miró a los ojos, y sonrió. Una sonrisa rara, muy breve y dulce.

—No me atrevo a esperar que regreses, Irena —dijo suavemente.

De haber podido, ella habría dicho: «Siempre te he amado», pero no había necesidad de hacerlo. Él conocía su propio poder. Él era el Amo.

—¿Te quedarás con nosotros? —preguntó él.

¿Quería decir para siempre? El tono era contenido; no estaba segura de comprenderlo bien.

—Tanto como pueda. Pero he de regresar.

Él asintió.

—Y luego, cuando trate de volver, si el camino está otra vez cerrado...

—Se abrirá para ti, supongo.

Los ojos de él eran extraños, oscuros como cavernas; nada de lo que decía cambiaba esa mirada interior.

—Pero ¿por qué...?

—¿Por qué? Cuando sabes la respuesta, no hay pregunta; si no hay respuesta, nunca hubo una pregunta. —Sonaba a proverbio, y la voz era seca y algo burlona; así le hablaba siempre, y volver a oírlo la reconfortó—. Ese es tu camino —dijo.

Volvió al escritorio agregando, casi con indiferencia:

—La carretera sur y la norte.

—¿Podría caminar hacia el norte? Si algo va mal... ¿podría pedir auxilio? ¿Llevar un mensaje?

—No lo sé —dijo él, mirándola de soslayo; pero tenía un brillo de halago o de triunfo en el rostro, y era eso lo que permaneció en ella, después de que él la llevara, según la formal usanza de la casa, a saludar a su madre y compartir con ella una breve y protocolaria conversación. Luego, Irene abandonó la casa y regresó a pasar el resto del día con Trijiat. Por primera vez, pensó, él quería algo de ella. Había algo que ella le podía dar, si tan solo hubiera sabido qué. Cuanto más cerca estuvo de saberlo, fue cuando habló de ir al norte. Él cambió de tema enseguida, pero no antes de que ella advirtiera el brillo de placer, de halago.

¡Si tan solo pudiese entenderlo mejor! Tenía que tomar en serio lo que él había dicho medio en broma acerca de las preguntas y las respuestas: él, y ella, y todos allí, estaban sujetos a las leyes del lugar, leyes tan absolutas como la ley de la gravedad, tan imposibles de desacatar como difíciles de explicar. Él le había dicho, si lo entendió bien, que, impedidos por algún poder o ley, ninguno de los habitantes podía dejar el pueblo. Pero era posible que ella, ya que podía ir a Tembreabrezi, lo dejara. ¿O quiso decir quizá que, viniendo de fuera, estaba libre de sus leyes y no necesitaba obedecerlas? ¿Era eso lo que quiso decir? Pero obedecería. Él era su ley. Si ella podía complacerlo —¡si podía encontrar lo que necesitaba!—. Si él pedía, de modo que ella pudiese dar...

Aquella fue su estancia más prolongada en Pueblo de la Montaña. En los viejos tiempos, sus visitas eran frecuentes pero cortas; ahora que podía quedarse una semana o dos —una noche o un fin de semana, en el otro lado del camino—, si así lo deseaba, el camino estaba casi siempre cerrado para ella. Todo su anhelo había sido encontrarlo abierto, caminar por él. Ahora estaba allí, establecida, viviendo en la posada y trabajando como siempre con Sofir y Palizot, visitando a sus amigos, jugando con los niños. Como siempre, todos la sentaban a la mesa si estaban comiendo, la ponían a trabajar si estaban trabajando, haciendo que se sintiera como en su casa. En los viejos tiempos había sido la gloria, y aún era un placer. Pero ya no bastaba. Le parecía que había en todo aquello algo de falso y presuntuoso. La paz que sentía allí, lo hogareño, era realmente de ellos, pero no de ella. Ella llegaba y se marchaba de nuevo; no era parte de sus vidas. No necesitaban su ayuda en los trabajos. No la necesitaban.

A menos que, como sugirió el Amo —¿lo sugirió realmente?—, ella pudiese ayudarlos no yendo allí, no estando allí, sino pasando de largo.

Hasta entonces, nadie sino él había hablado de que algo andaba mal, de modo que al principio apenas lo pensó. Luego, cuando advirtió que en verdad nadie llegaba al pueblo ni salía de él, que llevaban los rebaños solo a los pastizales más cercanos, que había escasez de sal, de harina de trigo, que cuando Trijiat perdió su mejor aguja se irritó mucho y la buscó durante días enteros..., cuando se dio cuenta de eso, de aquello y de lo otro, comprendió que lo que el Amo había dicho era verdad: todos los caminos estaban cerrados. Pero ¿por qué? ¿Por quién? Una o dos veces trató de hablar del asunto con Trijiat, con Sofir. Ellos evitaban responder; Sofir, con una risa desprovista de significado; Trijiat, con un miedo tan abierto que Irene supo que no debía volver a mencionar el tema. Era un tabú, o un terror tan profundo que no podían decir una palabra al respecto. Solo hablaban de sus tareas cotidianas, fingiendo que no ocurría nada malo. Y esa era la falsedad que percibió, la incomodidad. Necesitaban ayuda, pero no estaban dispuestos a admitirlo.

¿Qué tal si seguía hacia los llanos al norte de Tembreabrezi?

Hacía un par de años, un largo domingo, en el otro lado, salió con Sofir, Hobim, el viejo mercader, y sus hombres y una caravana de burros diminutos cargados de artículos tejidos. Primero se dirigieron hacia un pueblo que quedaba a un día de marcha hacia el norte, por la ladera de la montaña; y luego siguieron hacia el pueblo llamado Tres Fuentes al pie de las colinas del nordeste. Se quedaron allí un par de días, para comerciar. Luego regresaron: en total, seis días de viaje. Recordó el lugar donde la carretera a Tres Fuentes se desviaba hacia el este, y la del norte seguía en línea recta hacia un paso oscuro. ¿Qué distancia había de allí a los llanos? ¿Qué distancia a través de estos hasta la ciudad de la que hablaban? No tenía idea, muchos días de marcha, sin duda; pero podía llevar comida, seguramente habría aldeas al borde del camino, y así podría cruzar los largos y oscuros llanos, llegar a la ciudad y pedir ayuda para Tembreabrezi. Si es que enviaban ayuda. ¿O acaso también a ella le estaban vedados los caminos? Pero no tenían derecho a prohibírselos. Si el Amo le pedía que fuese, ella iría.

Él no la buscó. La impaciencia y la inquietud de Irene crecieron. No podía comprender que sus amigos continuaran trabajando y nunca hablasen del problema, como el enfermo de cáncer que dice: «Estoy bien, estoy bien», como su propia madre diciendo siempre: «Todo está bien»; se negaban a pensarlo. ¿Por qué no hablaban? ¿Por qué no hacían algo? ¿A qué esperaban?

Finalmente, el Amo mandó recogerla para una reunión en su casa. Ya antes había sido invitada a ese tipo de reuniones. Gran parte de los negocios se llevaban a cabo en la posada, pero las decisiones relacionadas con algo más que negocios se tomaban durante conversaciones prolongadas y reflexivas, en el salón de las dos chimeneas. Asistían hombres y mujeres; y no siempre, pero a menudo, el Señor del Feudo; y cualquier visitante de otro pueblo, siempre que tuviese bienes o modales. La madre del Amo, Dremornet, de cabello blanco y ojos oscuros, permanecía sentada en un sillón de terciopelo bajo el retrato del antepasado del brazo tullido. Si los invitados no eran muchos, se reunían alrededor y dejaban la otra chimenea para conversaciones privadas; cuando había más gente, los grupos se juntaban en cada extremo de la habitación. Aquella noche, se había formado un silencioso círculo de mujeres y algunos hombres jóvenes alrededor del sillón de terciopelo, mientras que tres o cuatro hombres mayores pontificaban con el Amo junto a la otra chimenea. Por supuesto, aquella noche no había más extraños que Irene. Durante la velada estuvo con Dremornet hasta que el Amo se acercó, echándoles una mirada significativa. Había llegado el señor Horn.

Dremornet se recogió la falda y se puso de pie para saludar al visitante con una reverencia, después de lo cual las demás mujeres se inclinaron ante él. La respuesta del señor Horn fue un saludo breve y afectado. Ni siquiera el espectáculo de la diminuta y presumida anciana ejecutando una espléndida y vanidosa reverencia le alteró las frías arrugas de la cara. Su hija, justo detrás de él, rubia, vestida de pálida seda, saludó y sonrió levemente. La función de ellos, pensó Irene, consistía en ser recibidos y hacer reverencias; eran hombres de paja, títulos vacíos. Era a Dou Sark, el amo del pueblo, a quien llamaban Amo. Pero aquellas personas anticuadas se ceñían a normas obsoletas y, por ello pensaban que debían tener un señor.

El Amo la miró de nuevo al pasar, y ella no tardó en seguirlo. Los hombres del pueblo, que habían estado croando como ranas junto a la segunda chimenea, callaron y mostraron un aire solemne. El señor Horn escuchó, inexpresivo y evidentemente sin interés alguno, algo que el Amo le decía. La hija se había sentado, tras haber escogido, como era característico, la única silla incómoda de la sala, una pieza rígida y alta, tapizada con un brocado desteñido. Se mantuvo completamente erguida e inmóvil. Entre su pálida insipidez y la monótona frialdad de Horn, el rostro del Amo era brillante y oscuro como las ascuas del fuego.

—El Amo me cuenta —dijo Horn a Irene, y se interrumpió, mirándola como si lo hiciera desde una torre lejana, a través de unos turbios ventanales que le impedían ver con claridad—. Sark me dice que te encontraste con otro viajero, en la carretera sur.

—Vi a un hombre. No hablé con él.

—¿Por qué? —dijo el señor Horn, callando de nuevo y luego retomó sus lentas y frías palabras—. ¿Por qué no hablaste con él?

—Estaba dormido. Estaba... No era de aquí... —La necesidad que Irene tenía de palabras era ardiente y desesperante; se aferró a la más cercana—. Era un ladrón.

Una nueva y larga pausa, difícil de soportar. Los ojos grises del señor Horn, que le recordaban las ventanas de una torre, ya no la miraban; pero él volvió a hablar:

—¿Cómo lo supiste?

—Todo en él... —comenzó a decir y, al escuchar el tono defensivo de su propia voz, la asaltó la misma rabia vengativa que sintió al ver al intruso, y que volvía cada vez que pensaba en él. ¿Qué derecho tenía aquel anciano a hacerle preguntas? «Señoría», al diablo con su señoría, otra palabra más de las muchas que significaban «bandido».

—Así pues, piensas que el hombre no era... —un largo silencio, como si a Horn se le acabasen continuamente las palabras—, no podía ser el que, el hombre al que...

—No entiendo.

—El hombre al que esperamos —dijo Horn.

Advirtió entonces que todos los que estaban reunidos junto al hogar la observaban, y que sus rostros, los rostros gastados y tensos de hombres adultos y ancianos, suplicaban por la respuesta correcta, la palabra de esperanza.

Miró al Amo para que la ayudase, para que le dijese qué debía decir. El Amo no dijo nada. ¿Movió acaso la cabeza en un gesto apenas perceptible?

—El hombre al que esperáis —repitió—. No entiendo. ¿A qué estáis esperando? ¿Por qué esperar? Yo puedo ir. —Miró de nuevo al Amo; clavaba los ojos en ella; su expresión, aunque todavía alerta, era cálida; ella estaba diciendo lo que él quería—. Si ninguno de vosotros puede salir a los caminos enviadme a mí. Puedo llevar un mensaje. Tal vez pueda traer ayuda. ¿Por qué habríais de esperar a otra persona? Yo estoy aquí ahora. Yo puedo ir a la Ciudad.

Miró desde el Amo hacia el señor Horn, y la detuvo la expresión del anciano.

—Es un largo camino —dijo con su voz pausada y suave—. Un viaje más largo de lo que crees. Pero no hay elogio que corresponda a tu valor. Te doy las gracias, Irena.

Se quedó confundida, sin saber cómo reaccionar, hasta que el Amo, frunciendo el ceño, la hizo a un lado; comprendió entonces que la entrevista con el Señor de la Montaña había concluido.

Sola en su habitación, temprano, antes de partir, abrió el postigo de la ventana y contempló el cielo del crepúsculo sobre los techos y las chimeneas del pueblo. Aún conservaba el calor de la cama, quería dormir más, quedarse acostada más tiempo. Cuando se hubiera marchado, ¿se cerraría el camino otra vez? ¿Podría regresar de nuevo? La razón por la que debía partir era remota, sin sentido: había pasado ya toda una noche fuera, y si no regresaba al apartamento antes de las siete llegaría tarde al trabajo... Trabajo, apartamento, noche, mañana, nada de eso tenía sentido allí, no eran más que palabras sin significado. No obstante, como la fuerza del miedo que impedía a los lugareños que salieran del pueblo, por muy insensato que pareciese, ella tenía que obedecer. Así como ellos no podían salir, ella tenía que hacerlo.

Palizot y Sofir se levantaron para desayunar con Irene antes de que partiera; Sofir le había puesto una bolsa con pan y queso para el largo camino de regreso hacia el portal. Estaban inquietos, y no podían disimularlo. Les preocupaba lo que pudiera ocurrirle.

En la primera curva del camino miró hacia atrás una vez. Las ventanas del pueblo brillaban con luz tenue y dorada en la oscura precipitación de los bosques hacia el fondo del valle. Al norte, sobre la ladera de la montaña, vio una estrella que brillaba nítidamente y luego desaparecía, como el reflejo en una gota de lluvia o el fulgor de la mica en la arena.

Después de cruzar el Río Medio comió el pan y el queso que Sofir le había dado, y bebió el agua dolorosamente fría del río, descansó un poco y, aunque le habría gustado echarse a dormir, no lo hizo, no podía. Siguió caminando. Nada en el bosque la amenazaba, nada la asustaba, pero no podía descansar. Tenía que seguir. Mantuvo el paso rápido y ligero y llegó por fin a la última elevación, una cresta entre los abetos rojos; descendió después por la larga pendiente hasta los arbustos de rododendros, y luego, al lugar del comienzo, al claro del portal... y vio, antes de cruzar el arroyo, el círculo de piedras ennegrecidas, la mochila de plástico medio escondida bajo los helechos, la desagradable basura del campamento del intruso.

Retrocedió enseguida hasta los matorrales y desde allí miró durante un rato. El hombre no daba señales de vida. Irene sintió que el corazón le latía con mayor lentitud, el rostro le ardía y los oídos le silbaban. Cruzó el río, fue hacia el círculo de piedras de la fogata... fría... y lo deshizo a puntapiés, piedra por piedra, arrojándolas luego al agua. Recogió la mochila de plástico y el saco de dormir y regresó al río; entonces, susurrando: «Fuera, fuera de aquí, fuera», lanzó el montón por el portal, hacia el sendero, y lo dejó en medio del bosque de Pincus, al pie de una zarzamora, junto al camino.

Corrió a la linde del bosque y sacó de la zanja un letrero clavado a una estaca, el desguazado y podrido aviso de PROHIBIDO CAZAR que sus ojos, si no su mente, habían notado hacía doce días —u horas— cuando pasó por allí. Regresó corriendo al umbral con el letrero. Solo después de cruzarlo se detuvo a pensar. ¿Y si no hubiese podido pasar a ese lado? Pero la idea no la inquietó. Estaba demasiado enfadada para tener miedo. Recogió un trozo de carbón de los restos de la fogata, cruzó el río y se sentó sobre una piedra con el letrero en las rodillas. Con mucho esmero y en negras letras de molde escribió en la tabla desteñida: NO PASAR, PROPIEDAD PRIVADA.

Clavó el aviso en lo alto de la orilla, donde dominase todo el claro y fuera visible para quien pasase por el portal. La estaca entró fácilmente en el suelo arenoso, pero el letrero tendía a ladearse, y acababa de tomar una piedra para asegurarlo cuando un movimiento al otro lado del río le llamó la atención. Quedó paralizada mirando por encima de la reverberante superficie del agua. El hombre, bajando desde el umbral, venía hacia ella. Nada los separaba sino el río.

Se puso de rodillas y, bajando la cabeza hacia el agua, comenzó a beber. Solo entonces comprendió que no la había visto.

Estaba bastante cerca de los grandes arbustos de rododendro como para echarse al suelo y retroceder en un único y largo movimiento, hasta que el blanco de la camisa y del rostro quedó oculto entre las sombras del follaje. Cuando volvió a mirar, el hombre estaba de pie al otro lado del río, mirando... observando el letrero: ¡NO PASAR! El corazón de Irene dio un salto y la boca se le abrió en una silenciosa carcajada.

De pie el hombre era grande, y de cuerpo pesado, tal como había percibido en el saco de dormir. Cuando por fin se movió lo hizo con lentitud, dando media vuelta para regresar al campamento. Se detuvo a mirar los lugares donde habían estado la hoguera, el saco de dormir y la mochila. Dio unos pasos, se detuvo, observó. Por último, se volvió lentamente, y fue hacia el portal enmarcado entre los laureles y el pino. Irene se frotó triunfalmente las manos. Él se detuvo de nuevo. Dio media vuelta y regresó directamente y a través del arroyo, con un impulso pesado y trepidante que lo precipitó hasta la otra orilla. Sacó la estaca de la arena, arrancó el letrero, lo rompió contra el muslo —el carbón le manchaba las manos mojadas—, arrojó los pedazos y miró alrededor.

—¡Bastardos! —dijo con voz grave—. ¡Cobardes bastardos!

—Igualmente —dijo la voz de Irene mientras enderezaba las piernas.

Se volvió enseguida y caminó hacia ella, que no dio un paso porque los pies se negaban a llevarla a ningún sitio.

—Salga de aquí —dijo—. Fuera. Esto es propiedad privada.

Los ojos que la miraban se calmaron y se fijaron en ella. El hombre se detuvo. Era colosal. El rostro blanco y vacío, sin inteligencia. La boca dijo palabras que ella no entendió.

Él se acercó un poco más. Ella escuchó su propia voz, pero no supo lo que dijo. Aún tenía la piedra en la mano. Si la tocaba lo mataría.

—No había por qué —dijo él con una contenida y tímida voz de muchacho. Se detuvo. Le dio la espalda y regresó, cruzó el arroyo con torpeza, subió el terraplén, atravesó el claro y llegó al umbral.

Ella lo observó sin moverse de donde estaba.

Él pasó entre el pino y los laureles y siguió.

Era extraño. ¿Nunca había mirado hacia el portal desde aquel lado? El sendero que llevaba a la luz del día, y que antes le parecía tan abrupto y oscuro, era regular y despejado; desde el otro lado del arroyo, no se diferenciaba de los senderos de la tierra crepuscular. Alcanzaba a distinguir un buen trecho bajo la penumbra de los árboles, y podía ver al hombre que caminaba, alejándose bajo la invariable luz grisácea.

3

Rompió el cartel, hundió los pedazos en el barro y se quedó allí, con la ropa empapada después de que tropezara en el arroyo, con los zapatos llenos de agua.

—¡Bastardos! —dijo. Las primeras palabras que pronunciaba en voz alta en el lugar del ocaso—. ¡Bastardos cobardes!

Los arbustos altos crujieron y se aplastaron. Alguien salió de aquel escondite, un muchacho de pelo negro con la vista clavada en él.

—Salga de aquí —dijo el muchacho—. Fuera. Esto es propiedad privada.

—De acuerdo. ¿Dónde están mis cosas? —Hugh dio un paso hacia delante—. Cuestan la paga de una semana. ¿Qué hiciste con ellas?

—Están allí arriba, en el bosque. No las vuelva a traer. No vuelva. ¡Váyase de aquí!

El muchacho avanzó unos pasos, justiciero, despreciativo, rencoroso. Hugh comenzó a temblar sin poder evitarlo.

—Está bien —dijo—, pero no había por qué... —No tenía sentido. Dio media vuelta, bajó de nuevo el terraplén y atravesó el río, resbalando y aferrándose a las piedras. Se encaminó al portal. Tenía que salir. Saldría y se iría, nunca regresaría, todo se había arruinado. Las cosas que había traído estaban en el bosque; cruzaría el portal, las recogería y no volvería nunca más.

Pero ya había cruzado el portal.

Cuando miró hacia atrás vio la luz del crepúsculo, y el torrente de agua rompiendo contra las piedras, y frente a él distinguió el ocaso y el sendero entre los árboles.

Había perdido el camino. No había camino.

Siguió unos pasos más, se detuvo, y permaneció allí unos instantes; luego regresó, pasando entre los arbustos y el pino de tronco rojizo, al lugar del comienzo.

La otra, la desconocida, seguía de pie en la orilla opuesta. No un muchacho, sino una mujer, tejanos y camisa blanca, de pelo negro, que lo miraba con fijeza.

—No puedo salir —dijo Hugh—. No hay camino.

Las dulces voces del agua corrían entre ellos.

Él estaba profundamente atemorizado. Dijo:

—Si conoces este lugar, si vives aquí, dime cómo salir.

La mujer avanzó bruscamente, cruzó el arroyo saltando con agilidad de piedra en piedra. Se detuvo en la roca plana y señaló el camino:

—Por allí.

Él negó con un movimiento de cabeza.

—Eso es el portal.

—Ya sé.

—¡Sigue!

—Ha cambiado —dijo.

Dio media vuelta y cruzó el claro de árboles, pasó entre los arbustos y el pino, y siguió. El camino no se oscurecía, ni había ninguna abrupta pendiente bajo los espinos y las zarzamoras, ni la luz del sol más adelante. Los árboles se mantenían juntos en el crepúsculo sin viento, y no había sonido que no fuese la música del agua detrás de él. Por último, dio media vuelta y vio la silueta junto al río, observándolo.

Regresó. Ella avanzó por la hierba para encontrarse con él.

—El camino sigue —susurró—. Nunca lo había visto. Nunca ha estado cerrado por este lado... ¡Vamos! —Se le adelantó, rápida, furiosa, andando hacia el portal. Él la siguió.

El tronco rojizo y áspero del pino le raspó el hombro. En el oscuro sendero, una zarza se le enganchó en el pelo. Apenas podía ver por dónde iba ella. Un pájaro picoteaba en lo alto. El aire olía a humo, a caucho, a gasolina, a agujas de pino calentadas por el sol. La tierra del sendero estaba seca.

—Ahí están tus cosas —dijo la mujer. La mochila y el saco de dormir estaban tirados en la hierba, junto a los arbustos.

Él los miró, como para verificar que todo estaba allí. No se atrevía a mirar hacia atrás. Temía que el crepúsculo se levantara y fuera hacia él. La mujer, una muchacha de su misma edad, se quedó en el sendero, pelo negro, ojos negros, cara blanca.

—¿Qué lugar es ese? —le preguntó—. ¿Lo sabes?

Ella no respondió enseguida, y él pensó que no iba a responder.

—Si fueses de aquí lo sabrías —dijo ella al fin con una voz áspera y chillona.

—Necesito... —No le salían las palabras.

¿Por qué se quedaba allí, dejando que ella lo insultase? Sentía el rostro caliente y rígido, ¿había llorado? Se frotó la mandíbula con la mano, tapándose la boca, escondiendo su vergüenza.

—No es un campamento de *boy-scouts* —dijo ella—. No es para que traigas tu basura y acampes y... No es un parque nacional. No sabes nada de esto. No conoces las reglas. No hablas el idioma, no conoces... No es tu lugar. No eres de aquí. Es peligroso.

No había rabia que aliviase la vergüenza de él. Tuvo que quedarse allí y soportar lo que ella le decía, y luego repetir lo único que tenía que decir, en un balbuceo:

—Necesito regresar. No dejaré nada aquí.

Ella se sacudió con rabia, como una hoja de periódico agitada por el viento.

—¡Te lo advierto!

Él comenzaba a comprender lo que ella había dicho antes.

—¿Hay... gente que vive allí?

Hubo una larga pausa y al fin ella contestó:

—Sí. La hay.

Tenía en los ojos un resplandor extraño.

—Te están esperando —dijo con tono altivo y desafiante; entonces avanzó y, pasando junto a él, siguió de largo, no sendero abajo hacia la tierra del crepúsculo, como él había supuesto, sino avanzando rápida y segura hacia la mañana. A los pocos metros desapareció tras los arbustos, y el sonido de sus pasos también se desvaneció.

Hugh se quedó perplejo y desconcertado, envuelto en el cálido y polvoriento aire del bosque, un aire continuamente agitado por la vibración de las máquinas distantes, en la tierra y en el cielo. Una mancha de luz que se filtraba entre las hojas bailaba, en constante movimiento, sobre el forro color arena del saco de dormir.

¿Adónde voy ahora? No hay adónde ir.

Estaba cansado, agotado por las emociones..., rabia, miedo, dolor.

Se sentó al borde del sendero, con una mano sobre la mochila, en actitud protectora, o buscando seguridad. El espantoso dolor de la pérdida no lo abandonaba ni disminuía.

Tal vez ella también se sienta así, pensó. Como si yo se lo hubiera quitado.

Pero no puedo evitarlo. He de regresar. No hay otro sitio para mí. Ella no tiene derecho... Aquella no era la palabra adecuada, pero no sabía expresarlo de otro modo.

Regresaré. No dejaré mis cosas aquí. En todo caso, no en el claro del portal. Podría ir más adelante..., arroyo arriba, más lejos. Ella no puede ir a todas partes. No hay razón para que tengamos que encontrarnos siempre.

A menos que no sea capaz de volver a salir.

La idea le atravesó la mente. El pánico que sintió al descubrir que el camino solo conducía hacia el interior del ocaso ya se había hundido en lo más profundo de él, demasiado para que ya lo sacara a flote. Si eso vuelve a ocurrir puedo esperar, se dijo, y salir de nuevo cuando ella llegue.

Ella es como yo, es de aquí. Pero me dijo que allí vive gente.

Desechó también esa idea. No tengo por qué encontrarme con ellos, se dijo. Nunca ha habido nadie en el lugar junto al arroyo. Y ella se ha ido. Voy a regresar...

Escondió sus cosas bajo las espinosas ramas de un arbusto, se puso de pie y volvió, bajando por el sendero hasta el umbral y hacia el crepúsculo, al agua clara, donde, por fin, se arrodilló y bebió. El agua le lavó la cara y las manos, lavó la vergüenza y el temor.

—Esta es mi casa —dijo a la tierra, a las piedras y a los árboles, y con los labios casi tocando el agua, susurró—: Yo soy tú. Yo soy tú.

Llegó a Sam's-Thrift-E-Mart a las diez, y hacia las diez y cinco estaba abriendo la siete. Donna le echó una mirada desde la seis.

—¿Te encuentras bien, Buck?

Para Hugh habían pasado dos días y tres noches desde que salió del trabajo una hora antes del final de la jornada, la tarde del día anterior; no recordó el motivo por el que Donna podía pensar que no se encontraba bien.

—¡Claro! —dijo.

Ella lo miró de arriba abajo con una curiosa expresión: cínica y, sin embargo, admirativa.

—Tú no estabas nada enfermo —dijo—. Tenías algo mejor que hacer. —Registró seis latas de refrescos y un paquete de patatas fritas que compraba un anciano tembloroso, diciendo, para este y para Hugh—: ¿No es maravilloso ser joven? Pero no volvería a pasar por eso, aunque me pagaran.

No exploró más corriente abajo. La garganta del arroyo era cada vez más profunda, y más oscura. Corriente arriba había menos malezas al borde del agua, y muchas pequeñas ensenadas de arena, limpias y espaciosas. Llegó a un lugar donde el arroyo, junto a un grupo de grandes sauces, se estrechaba a causa de una aglomeración de piedras rojas que atravesaban el agua en cornisas y peldaños. Sobre el agua blanca se abría un estanque amplio y profundo a cielo abierto, y en las orillas crecían árboles. Había en aquel lugar un aire de lejanía, de intimidad; nadie más llegaría allí.

Hizo un escondite para sus cosas: la horqueta de un árbol bajo, tan cubierta por una hiedra de hojas pequeñas que al cabo de un rato él mismo no supo dónde las había escondido, hasta que sin querer les puso una mano encima. Recogió una pequeña provisión de leña, casi todas las ramas de un árbol cercano y seco, y preparó la hoguera sobre la arena del banco cerrado, justo encima de la barrera de piedras rojas. Encendió un fuego. Luego se quitó la camisa y el pantalón y entró, en silencio y con el cuerpo erguido, en el tranquilo estanque. Justo al pie de la barrera de piedras, el agua era profunda, y echó a nadar con un intenso y silencioso deleite hasta que ya no pudo soportar el frío y volvió a la orilla, acalambrado y estremecido, a calentarse junto al fuego.

Las llamas eran hermosas en la clara penumbra. Se acurrucó desnudo para recibir el calor en la piel, en los huesos. Por último, se vistió y se preparó una mezcla de café y chocolate que había comprado, rebajados de precio, y se sentó a tomarla, con el corazón en paz. Cuando el fuego se extinguió, cubrió con arena los restos de la hoguera, se puso los zapatos, y salió a explorar río arriba.

Ahora iba a diario. La mitad de su vida la pasaba en

aquel lugar. Allí, incluso el ritmo con que respiraba era distinto, más hondo. Cuando despertaba de un sueño más profundo que el sueño común, oscuro e irresistible como la corriente del arroyo, se quedaba un rato acostado, perezoso, escuchando el sonido del agua y el rumor de las hojas que se agitaban en el aire, pensando: «Me quedaré aquí... Me quedaré un poco más...». Pero nunca lo hizo. Cuando estaba trabajando en el supermercado, o en casa, no pensaba demasiado en la tierra del crepúsculo. Estaba allí. Eso era todo lo que precisaba saber mientras registraba una compra de sesenta dólares, o calmaba a su madre después de una dura jornada en la casa de préstamos en la que ella trabajaba. Allí estaba, y podía regresar; al silencio que daba sentido a las palabras, al centro que daba forma al mundo.

Nunca volvió a encontrar el camino cerrado, y ya no creía que eso fuera posible. Había sido algo relacionado con la chica. Había sido por culpa de ella, por estar allí, y fue por eso que ella pudo invertir lo que había ocurrido, al pasar con él al otro lado. De vez en cuando pensaba en ella, con aprehensión y nostalgia a la vez. Si ella no hubiese estado tan llena de odio y resentimiento tal vez habrían podido hablar. Había permitido que ella lo dominase, fue culpa de él. Ella podría haberle contado algo acerca de aquella tierra. Parecía conocerla desde hacía más tiempo y mejor que él. Al menos hablaba de gente que vivía allí.

Que hubiese más gente. Pensaba en eso a menudo durante los momentos de silencio que pasaba bajo los sauces. Lo único que ella dijo fue algo así como: «Tú no conoces el idioma», y luego, cuando él le preguntó si allí vivía alguien, ella respondió que sí, pero después de dudarlo, y lo que dijo parecía una invención. Sin duda quiso asustarlo. Y la idea era amenazadora. Lo que él quería era estar solo, allí donde estaba la felicidad. Estar solo, no tener que tratar con otras personas, con sus necesidades, sus exigencias, sus órdenes.

Pero ¿cómo sería la gente que vivía en aquel lugar? ¿Qué idioma hablaría? Allí nada hablaba. Ningún pájaro cantaba jamás. Seguramente había animales en el bosque, pero eran esquivos, silenciosos. Allí nadie necesitaba molestar a nadie.

Pensaba en esas cosas cuando se sentaba junto al agua, bajo los sauces, frente al fuego brillante. Allí, una idea podía ocuparle la mente durante largo rato, tenía espacio para expandirse y ser pensada. Nunca se había sentido particularmente estúpido, y en el colegio había mantenido un buen nivel en las asignaturas que le gustaban, pero sabía que la gente lo encontraba estúpido porque no era rápido. Su mente no trabajaba deprisa, no se precipitaba. Ahora podía ir a aquel sitio y razonar, y eso era gran parte de la libertad que allí sentía. La alternancia de dos vidas totalmente diferentes, el repetido cruce del umbral que separaba Kensington Heights de la tierra del ocaso podrían haberlo confundido y agotado, si no hubiera sacado tanta fuerza de aquellos momentos junto al arroyo. Estaba tranquilo, ocupado sencilla y plenamente en caminar, nadar, dormir, pensar, usar sus sentidos; y aquella quietud plena reemplazaba toda sensación de estar siendo empujado y apurado por la vida, sin tiempo para preguntarse qué estaba haciendo, ni adonde tenía que ir, sin tiempo para ver que había opciones, sin tiempo para optar a ellas. Aun entonces, si se aferraba a la quietud que había vivido en aquel sitio, conseguía llegar a pensar un rato.

Desde que dijo que su madre estaba enferma, desde que se oyó decir la palabra, se obligó a sí mismo a afrontar la idea, en lugar de huir y esconderse; se obligó a considerar seriamente lo enferma que estaba y en qué consistía su enfermedad.

Eso era difícil. Significaba comparar: suponer que ella no era su madre, sino cualquier mujer, cualquiera. Cualquier enferma.

En los dos últimos colegios había conocido a tipos que se habían lanzado hasta el final por la ruta de las drogas duras. Y en cuarto año —era un recuerdo que no quería escarbar—, la chica que a veces le copiaba los deberes de inglés, no podía recordar cómo se llamaba..., siempre hacía que se sintiese culpable por lo humilde que era ella... Cheryl, se llamaba, y un día, cuando faltaba una semana para que terminaran las clases, se encerró en uno de los lavabos de las chicas y metió la cabeza en el retrete. Él oyó los gritos y vio en el pasillo a una chica riéndose de una forma histérica y horrible, y luego vio cómo sacaban a Cheryl en vilo y cabeza abajo, con el pelo goteando agua rosada, mientras lanzaba gritos desesperados, y él y los demás chicos miraban, gente subía las escaleras para ver. Nadie supo cómo hablar de aquello después, nadie que hubiera oído los gritos. Hasta el momento nunca había visto de cerca nada peor, y eso que trabajando en un supermercado uno podía ver gente que reñía por unos champiñones, o locos como el ratero aquel que trató de sobornarlo para salir del atolladero, o el tipo que amenazó a Donna con una navaja cuando ella se negó a aceptar su cheque si antes no le mostraba el carnet de identidad; gente haciendo cosas que podían tener un motivo, pero que parecían muy extrañas, como comprar cuarenta y ocho latas de germicida en aerosol y un frasco de castañas en almíbar. Lo que esa gente tenía en común, tal como él lo veía, era una especie de salto de embrague, una pérdida de sincronía. El motor estaba en marcha, pero las ruedas no se movían, estaban bloqueadas. No llegaban a ningún sitio. En los últimos siete años, su madre había cambiado de pelo trece veces, y había vivido en cinco estados diferentes; y cuanto más se trasladaba, pensó, menos parecía llegar a algún lugar.

Sin embargo, aunque fuese como la gente de los champiñones, o como la del germicida, su madre no estaba tan mal como los yonquis o como Cheryl. Estaba tocada, pero no hundida. La casa de préstamos, una empresa gigantesca con sucursales en todo el país, le había autorizado ya dos traslados, y además le había dado dos aumentos. Se quejaba mucho de su trabajo, pero no faltaba nunca. Y por fin había encontrado una amiga, Durbina, con la que compartía un interés completamente nuevo por todo aquel asunto de vidas anteriores, en el que estaba profundizando. ¿Era eso una locura? Hugh no lo juzgaba ni de una manera ni de otra. Lo que ella le contaba parecía muy tonto. Siempre creían recordar haber sido princesas o sacerdotisas en sus vidas anteriores; él se preguntaba quién habría trabajado en las casas de préstamos y en los supermercados del antiguo Egipto. Luego, naturalmente, lo consideraba exagerado, absurdo, pero no más que la mayor parte de las cosas que interesaban a la gente: los resultados del béisbol, frascos antiguos de medicamentos, el peligro nuclear, Jesús, la política, alimentos naturistas, tocar el violín. La gente hacía cosas muy extrañas. La gente era extraña en extremo. Toda. Si se juzgara la enfermedad por la extrañeza, todo el mundo parecería estar enfermo. Se está enfermo cuando se conduce un coche en punto muerto.

El lugar de donde ella no podía salir era la casa; mientras más salía, más se bloqueaba; no podía soportar estar sola en ella, ni llegar de noche y encontrarla vacía; le aterrorizaba la idea de despertar y que no hubiese nadie en casa. Y había empeorado. Estaba peor de lo que nunca había estado. Eso ya lo sé, pensó. ¿Pero de qué me sirve saberlo? No hay nada que yo pueda hacer. Ella solo me tiene a mí. Uno debe tener a alguien, aunque ninguno de los dos pueda hacer nada. No hay nadie más.

Estaba esperando a Hugh en la esquina frente al colegio.

—Vamos a ver a los corredores en la pista de prácticas de la universidad —dijo.

Y Hugh, de trece años, con la camisa verde que le habían regalado para su cumpleaños el día anterior, vio cómo los otros chicos admiraban a su padre, un hombre rubio, grande, alto y ancho de tórax, luciendo una chaqueta tejana desteñida en las costuras. Tenía una camioneta Ford y fueron a la pista de carreras de la universidad y vieron a los corredores, a los de salto de longitud, a los que volaban sobre sus pértigas en el aire dorado de aquella tarde de abril. Hablaron de las últimas Olimpiadas, de las técnicas de salto con pértiga. Su padre le dio un golpe suave en el hombre y dijo:

—¿Sabes una cosa, Hughie? Tengo mucha confianza en ti, sé que puedo contar contigo. Eres mucho más sensato que la mayoría de los adultos que conozco. Sigue así. Tu madre necesita a alguien de quien depender. Ella puede contar contigo. Para mí significa mucho saberlo.

Hugh no podía besar la mano grande y rubia; la única forma en que los hombres se podían tocar era dándose golpes. Ni siquiera podía tocar el deshilachado puño de la chaqueta tejana. Se instaló silencioso en la repentina y gloriosa luz del elogio. Al día siguiente, al volver del colegio, su vecina, Joanna, estaba allí, en la cocina, apretando los labios; la madre de Hugh estaba acostada, le habían dado sedantes; su padre se había marchado en la camioneta Ford, dejando una nota en la que decía que había conseguido empleo en Canadá y creía que era un buen momento para separarse.

Hugh nunca vio la nota, aunque Joanna repitió un par de frases, tales como: «Un buen momento para separarse», y él sabía que su madre la guardaba en un cajón entre sus papeles y fotografías.

Durante el resto del año sacó pésimas notas; su madre lo mantenía alejado del colegio como fuera, por lo general, mediante una sesión de llanto a la hora del desayuno.

—Voy a regresar, solo iré al colegio. Volveré a las tres y media —prometía Hugh.

Ella lloraba y le rogaba que se quedase. Cuando lo hacía, se pasaba el tiempo leyendo viejas historietas: tenía miedo de salir, miedo de responder al teléfono por si llamaba el supervisor de asistencia para preguntar por él; su madre nunca parecía alegrarse de tenerlo allí. Aquel verano se mudaron por primera vez y ella consiguió un trabajo. Siempre que llegaban a un sitio nuevo, las cosas mejoraban por un tiempo.

Una vez que ella comenzó a trabajar, pudo afrontar el día sin problemas, y él terminar sus clases. Era la noche lo que aún no lograba dominar; no conseguía estar sola en la oscuridad. Saber que Hugh estaba junto a ella la tranquilizaba. ¿De quién más podía depender?

¿Y qué podía hacer él sino estar pendiente de ella? Cualquier otra cosa que se le ocurriera, había sido devaluada por la partida de su padre. La gente no abandona las cosas necesarias, ni las valiosas. Pero, aunque entendía cómo se había sentido Cheryl —como una mierda—, aquello era algo de lo que había que deshacerse; no iba a hacer lo mismo que Cheryl porque en un sentido él era valioso, útil, incluso necesario: él podía estar allí cuando su madre necesitaba que alguien estuviese allí. De algún modo, podía ocupar el lugar de su padre.

En el décimo curso, el primer día que salió a la pista del colegio, se fracturó el tobillo al saltar con la pértiga. Nunca fue bueno en deportes. Se hizo grande y alto, pero pesado, de piel y músculos flojos.

—Eh, voy a comprarme uno de esos bonitos monos de deporte y empezaré a correr contigo —dijo Donna—. ¿Dónde está tu rueda de recambio, Buck?

Hugh se miró el abdomen, avergonzado, pero notó que tal vez fuese cierto que se veía mejor que antes. Era lógico, dado que todas las mañanas antes de ir al trabajo emprendía una larga y rápida carrera, además de diez o doce horas de caminata, natación y poca comida. Llevar suficiente comida a la tierra del ocaso era un problema que solía resolver pasando hambre.

Sus primeras exploraciones río arriba fueron breves tentativas. Temía perderse. Compró una brújula y descubrió que no sabía cómo usarla. A cada paso la aguja temblaba y giraba, y, aunque la mayor parte del tiempo parecía indicar que el norte estaba hacia el otro lado del arroyo —si es que el norte era la parte azul de la aguja—, necesitaba algo más que eso para regresar al claro del portal una vez que se internase en las colinas que se elevaban río arriba. No había estrellas ni sol con que orientarse.

¿Qué significaba «norte» allí? Los árboles crecían tan cerca unos de otros que no se podía caminar en línea recta durante mucho tiempo, y no encontraba ningún punto donde la visión fuera suficientemente amplia, ni el modo de hacerse una idea de la configuración del terreno. Así que exploró los senderos y los pajonales, hondonadas, claros, valles laterales, la extensión del bosque a ambos lados del arroyo, desde el sauce hacia arriba. Se aprendió de memoria aquel pedazo de tierra virgen, y era mucho lo que tenía que aprender. No sabía nada acerca del bosque, de la madera, de las plantas. Los árboles que terminaban en cono eran pinos. Los que tenían las ramas lacias e inclinadas hacia el suelo eran sauces. Conocía las encinas; había una enorme en el patio de uno de los colegios donde había estado, pero ninguno de los árboles de aquel bosque parecía ser una encina. Consiguió un libro sobre árboles comunes y logró identificar varios: el fresno, el arce, el arce de enredadera, el aliso, el abeto. Todo cuanto allí veía y caía en sus manos le interesaba. Pensó también en lo que no conocía ni había visto. ¿Hasta dónde llegaba la tierra virgen, el bosque? ¿Tenía un final? Ya había recorrido varios kilómetros a lo largo del arroyo y no había ningún cambio ni signo de existencia humana. Hasta los animales y los pájaros permanecían invisibles; siguió las leves huellas de un ciervo, pero nunca llegó a verlo; a veces encontraba un viejo nido abandonado, pero jamás, en aquella estación y aquel tiempo inmutables, en ese clima, oyó el grito de un animal o el canto de un pájaro.

Ese arroyo, que lo acompañaba y lo guiaba, ¿qué pasaba con él? Tenía que unirse a un río, o convertirse en río, corriente abajo y, ancho o estrecho, morir en el mar.

Se quedó atónito. Contempló absorto la hoguera con la mente atrapada en aquel pensamiento: el mar que se extendía más allá de los límites del ocaso. La oscuridad hacia la que el agua corría. Blancas rompientes en el final del crepúsculo; y más allá, los abismos, la noche. La noche, y todas las estrellas.

Tan vasta y oscura era aquella visión, tan terrible la idea de las estrellas, que cuando la abandonó y miró alrededor, buscando de nuevo las piedras conocidas, los bancos de arena, los árboles, las ramas, las hojas y las huellas del campamento, todo le pareció frágil y pequeño, como de juguete, y el cielo liso y brillante más extraño que nunca.

En su mente, solía llamar al campo la tierra del ocaso, por la eterna luz crepuscular, pero ahora pensaba que el nombre no era el correcto. Ocaso es el momento del cambio, pensó, el umbral de la noche.

La brisa que descendía por el valle del arroyo agitó la superficie del estanque. La visión volvió a emocionarlo:

el paso amplio y sombrío, la tierra del umbral, y aquella corriente de plata que lo atravesaba bajando hacia la oscuridad, ¿desde qué alturas, desde qué montañas orientales de inimaginable día?

Permaneció en la luz del crepúsculo, desconcertado, sintiendo que por un momento había entendido por qué sostenía que aquella agua era sagrada.

—Tendría que seguir adelante —susurró. De vez en cuando hablaba, a media voz, o decía una palabra, o una oración.

Había comenzado a afeitarse, y continuó. Lo que allí parecía un día o una noche equivalía a menos de una hora en el mundo de la luz diurna, pero la barba crecía de acuerdo con su propio tiempo, no el del reloj. Le habría resultado más sencillo dejársela crecer —aunque a su edad le preocupaba; era espesa y tenía un brillo metálico, y su madre le decía continuamente que se afeitase—, pero a los empleados del Sam's Thrift-E-Mart no se les permitía llevar barba. Bastantes problemas había tenido ya para que le dejaran llevar el pelo a su gusto, hasta el cuello de la camisa. Así que el último ritual en el lugar de los sauces, antes de recoger la mochila y esconder el equipo de campaña, era afeitarse. Algunas veces calentaba el agua, pero si la hoguera estaba apagada, se afeitaba con agua fría, apretando los dientes y tirando con fuerza; pero incluso el contacto del agua era suave.

El sábado por la noche le dijo a su madre que pasaría todo el domingo fuera, en una larga excursión «al campo». Ella se volvió a quejar del ruido que hacía al levantarse por las mañanas, pero aparte de eso no se mostró interesada. Salió a las cinco de la mañana, con un paquete de costosos alimentos congelados y deshidratados bajo el brazo. Pretendía pasar bastante tiempo en la tierra del ocaso, dejar lo que ya conocía, seguir adelante.

Solo había encontrado un sendero que pareciese un verdadero sendero o camino, el que llevaba a la salida del lugar del comienzo, en dirección exactamente opuesta al portal. Cruzó el paso de roca en roca, junto a los arbustos de donde había salido la chica hacía ya muchas semanas, y acometió la ladera que nacía en la hondonada del arroyo. Aunque empinado y serpenteante, el sendero seguía una línea perpendicular al arroyo, dirección que él esperaba mantener. Había descubierto que, cada vez que se desorientaba en medio del bosque, río arriba, si se detenía llegaba a tener una idea de la dirección en que se encontraba el portal —detrás de él, a la izquierda, detrás de aquella elevación, o lo que fuera— y esa intuición aún no le había fallado. Ahora su única intención era, si podía, mantener el portal a sus espaldas, y seguir hasta que se cansara.

En la cima de la elevación el aire parecía más liviano. Los árboles de la ladera eran altos y escasos, y el suelo estaba libre de malezas. Tenue, pero bastante claro para el ojo avizor, el sendero seguía en línea recta hacia abajo. Al seguirlo por la cima de la elevación, dejó de oír por vez primera el sonido del arroyo, la voz que bendecía su sueño.

Caminó un largo trecho, con firmeza y obstinación. El sendero no se hacía más claro, pero tampoco menos. Se ramificaba a veces en lo que eran probablemente sendas de venado, pero Hugh reconocía con certeza el verdadero camino. Sabía que, si daba media vuelta, lo llevaría otra vez al lugar del comienzo. A medida que se alejaba, podía decir con mayor seguridad dónde estaba el portal, como si una ley de gravedad psíquica se opusiera en este caso a la ley física. Se sentó a comer junto a un arroyo algo más pequeño que el del portal; cuando reemprendió la marcha, se sintió animado; estaba resuelto a confiar en su suerte.

Todos los pliegues del terreno cruzaban el camino. Las hondonadas eran oscuras; y en lo profundo de esa oscuridad cantaba siempre la voz de un manantial o de un torrente. Las elevaciones no eran difíciles de escalar, pero al cabo de un tiempo se hicieron más altas y abruptas. Al llegar a un tercer arroyo, más grande que el anterior, decidió bañarse, y después de nadar un rato resolvió dar el día por terminado. Le gustó la frase. Era perfectamente adecuada. Podía escoger cualquier momento y decidir que daba el día por terminado, o que daba la noche por terminada. Nunca antes, pensó, sentado junto a las brasas de la hoguera que había encendido a orillas del arroyo, había experimentado el tiempo. Había dejado que los relojes lo hicieran por él. Eran ellos los que mantenían las cosas en marcha, allá, en el otro lado; horas de oficina, semáforos, horarios de vuelos, citas de amantes, reuniones en la cumbre, guerras mundiales; sin relojes no había continuidad; no obstante, la relación del tiempo de reloj y el tiempo sin reloj era la misma que la del dos y el cuatro, o la de una caja de mondadientes y un abeto. Allí no tenía sentido preguntar: «¿Qué hora es?» porque no había nada con qué responder; ni un sol que dijese «mediodía», ni un reloj que dijera «las siete y treinta y ocho minutos y cuarenta y dos segundos». Había que responderse a sí mismo, y la respuesta era «ahora».

Durmió, y no soñó con nada, y despertó despacio, tan relajado que al principio no podía ni siquiera levantar una mano.

A partir de aquel tercer arroyo, el terreno se hizo más difícil. La pendiente era toda empinada, y pequeños torrentes se precipitaban cuesta abajo, junto al sendero o a través de él. El camino estaba ya despejado. Quienquiera que lo hubiese trazado, tiempo atrás o recientemente, no había dejado señal alguna y, sin embargo, el camino era inconfundible, subía serpenteando hacia atrás y hacia delante por las cuestas, pero siempre en la misma dirección. El propósito del camino era lo único que él tenía; dejó que lo guiara. El bosque se había vuelto más cerrado; la luz del crepúsculo yacía a los pies de los abetos. No había más sonido que el del viento en las ramas, un ruido inmenso y tranquilo. Atravesó los angostos senderos de conejos, ratones y otras tímidas criaturas del bosque; vio un cráneo diminuto a un lado del camino, pero no encontró ninguna criatura viviente. Era como si allí cada cual tuviese su propia soledad, la misma que lo invadía mientras trepaba por las largas y oscuras cuestas en la invariable quietud. Se vio a sí mismo, muy pequeño, caminando en medio del páramo, yendo a ningún sitio, solo. De modo que podía seguir caminando para siempre. Pues el tiempo más allá de los relojes era siempre ahora, y el camino para siempre era ahora.

El hambre rompió su ensimismamiento. Se detuvo a comer. Cuando reemprendió la marcha se sintió menos soñador, más alerta. La senda era tan empinada en algunos lugares que tenía que apoyar las manos en el suelo, y sintió en ellas la fuerza de la montaña, la piel áspera y granulosa de la tierra. El camino se había desviado un buen trecho hacia la izquierda del eje del portal. Ya se volvía otra vez a la derecha, y se hacía más llano. Hugh se sintió aliviado por caminar de nuevo regularmente y a un ritmo desenvuelto. Los abetos se aglomeraban, gruesos, altos y sombríos; pero al mirar hacia delante vio que la senda se hacía más clara y se ensanchaba. Y en el aire seco advirtió una vez, y luego otra, el tenue aroma de un humo de leña.

Caminó, alerta, concentrado, a paso firme.

El camino continuaba en una larga curva ascendente. A la derecha, la cuesta caía desde el borde del camino tan abruptamente que los árboles ya no impedían ver. Por primera vez en esa tierra pudo mirar a lo lejos. Vio que estaba en la ladera de una montaña. A la derecha, más allá de las copas de los árboles, la silueta de una montaña lejana se dibujaba en la claridad del cielo. Caminó más despacio, sintiéndose un poco mareado, como si flotara entre los vastos y oscuros valles y golfos del cielo. Miró hacia delante mientras el camino trazaba otra curva, y vio, anidados en la ladera de la montaña, los tejados y las chimeneas de un pueblo, el brillo de una ventana iluminada en el frío crepúsculo. Allí estaba el hogar, y él caminó hacia él, y recorrió la calle entre las ventanas iluminadas por lámparas, oyendo la voz de un niño que gritaba palabras que él no entendió.

4

A la luz del día no parecía tan grande, y era más joven de lo que ella había pensado, de la misma edad, o aún menos; un muchacho de cara blanca, grueso y de hombros caídos. Era estúpido; no entendió nada de lo que ella dijo.

—Necesito regresar —rogó, como pidiéndole permiso, como si ella pudiera permitírselo.

—¡Te lo advierto! —dijo ella, pero el muchacho no entendió, y ella no pudo seguir aguantándolo.

Había caminado desde Pueblo de la Montaña hasta el portal y estaba cansada de andar, y de la rabia y el terror de aquella confrontación, y tenía que seguir, y llegar a casa, limpiar, comer, ir al trabajo —Patsi le preguntaría que dónde había pasado la noche—; el sol brillaba, era miércoles, y le había prometido a su madre que llevaría la ropa a la tintorería. Él, el despreciable enemigo, se quedó allí, con la cara tiznada por el carbón del letrero, y ella tuvo que dejarlo y marcharse, sin saber si cuando regresara encontraría el camino abierto.

Era más temprano de lo que ella había pensado. Llegó al apartamento poco después de las seis. Hacía un par de días que Rick y Patsi no se hablaban, y ella fue incluida en ese vengativo silencio, de modo que no le preguntaron dónde había pasado la noche. Esa tarde, al regresar del trabajo, Patsi continuó interpretando la ausencia de Irene como una señal de deslealtad, y la ignoró altivamente; Rick aludió al asunto solo en su propio beneficio:

—¿Para qué mierda querría nadie quedarse a dormir aquí?

El otoño anterior, le había alegrado ocupar un piso con Rick y Patsi. Eran generosos, respetaban la necesidad de compartirlo todo, y les gustaba mantener el apartamento limpio, pero tampoco eran unos maniáticos. Para ellos era importante que ella pagase un tercio del alquiler, pues Rick no tenía trabajo. Había sido un buen arreglo, y lo seguiría siendo, pero Rick y Patsi estaban ahora al borde de la ruptura, de modo que ningún arreglo que los involucrase como pareja podía llegar a ser bueno. Pero lo peor era que Rick quería utilizarla contra Patsi, y que hubiera pasado la noche fuera sin dar explicaciones le hizo pensar que tal vez ella se prestaría a algo más que un escarceo pasajero. Le habría bastado decir que había pasado la noche en casa de su madre, pero no quería que él la obligase a mentir; ya no merecía el honor de una mentira. Una y otra vez había intentado entrar en su cuarto para hablar. El jueves por la noche continuó insistiendo; era serio, dijo, tenían que hablar del futuro; Patsi no quería hablar con seriedad, y alguien tenía que hacerlo. No seré yo, pensó Irene; Rick, de veinticinco años, delgado y cubierto de pelo rojizo y rizado como un viejo oso de peluche, permaneció con ociosa insistencia entre ella y la puerta de la habitación. Llevaba solo unos tejanos desteñidos, y el uso había terminado por abrirle dos agujeros grotescos a la altura de las rodillas. Tenía los dedos de los pies muy largos y delgados.

—No me apetece charlar de nada en particular —dijo Irene, pero él siguió hablando por la nariz y diciendo que alguien tenía que hablar alguna vez allí, y que él quería explicarle algunas cosas acerca de él y de Patsi, cosas que ella tenía que saber.

—Esta noche no —dijo Irene.

Cerró el cajón de la cocina de un empujón, pasó junto a él, entró en su cuarto y cerró la puerta. Él se quedó deambulando y despotricando en la cocina hasta que salió del apartamento con un portazo. Patsi, en la otra habitación, no golpeó nada, y mantuvo un silencio de dignidad ofendida.

Irene se sentó en el borde de la cama, con las manos entre las rodillas y los hombros encogidos, y pensó: «Esto no puede durar. A fin de mes, se acabó. Y después, ¿a dónde?».

Había tenido mucha suerte al encontrar algo cerca de su madre y pagando un tercio del alquiler. Así consiguió comprarse un coche, del cual dependía su trabajo en Mott & Zerming y pagar la reparación de los frenos y dos ruedas nuevas. Podía afrontar un alquiler algo más alto, pero no tanto como lo que costaba un estudio en esa zona. Lo más adecuado sería mudarse al centro de la ciudad, y así pagar la mitad, pero entonces su madre tendría miedo de que la asaltaran y violaran; y, además, tardaría treinta o cuarenta minutos en llegar hasta allí, y estaría preocupada por su madre. Si tan solo hubiese llamado cada vez que Víctor se emborrachaba..., pero no llamaba nunca.

Irene se levantó, salió de la casa dando un portazo, y fue a la de su madre.

Era una noche calurosa y pesada. Había mucha gente en la calle. La avenida Chelsea Gardens era un rugido de coches que pistoneaban, ronroneaban, compitiendo, paseando. En la granja, Víctor había llevado una lámpara hasta el patio del coche. No había razón para que lo hiciese a esa hora, tenía todo el día, y de todos modos no era bueno reparando coches; Irene había estudiado mecánica y sabía el doble que él acerca de motores; pero a Víctor le gustaba aquello de estar a la luz de la lámpara. Tenía una llave inglesa en una mano y una lata de cerveza en la otra y estaba gritando a los niños.

—¡Iros a la mierda, alejaos de esas herramientas, pequeños bastardos!

Dos o tres niños, hermanastros de Irene, pasaron corriendo por la penumbra del patio. No prestaron atención a la llegada de la mujer, pero los perros sí, tres perritos ladraban histéricamente mientras el dóberman loco que Víctor mantenía atado ahogaba unos terribles ladridos tirando de la cadena. La madre de Irene estaba en la cavernosa cocina con Treese, la niña de cuatro años. Treese estaba en la mesa comiendo cereales con sabor a chocolate directamente de la caja mientras su madre iba y venía con movimientos lentos, recogiendo los platos de la cena. Eran las nueve en punto.

—Hola, Irena, mi amor —dijo la señora Hanson con una ligera y feliz sonrisa, y se abrazaron.

Mary Hanson tenía treinta y nueve años, tres abortos

y seis embarazos llevados a buen término. Michael e Irene eran hijos de su primer marido, Nick Pannis, muerto de leucemia tres meses después del nacimiento de Michael. La tía de Nick acogió a la joven viuda y a los niños. Era dueña de la granja y de una acción en el vivero de plantas donde trabajaba, al otro lado de la calle. Después de jubilarse e invertir sus ahorros en una casa rodante en Florida, le dio a Mary la granja y la media hectárea. Poco después llegó Víctor, se casó con Mary y engendró a Wayne, luego a Dalton, luego a David y por último a Treese y los abortos. Víctor tenía teorías acerca de muchas cosas, incluyendo el sexo, y le gustaba exponerlas a la gente:

—Mira, si el hombre no saca su materia fértil, a ver si me entiendes, las células fértiles, estas células regresan adentro y dañan la próstata. Esa materia tiene que salir; si no, se convierte en veneno. Es como limpiar las tripas, o sonarse la nariz; si no te suenas la nariz tendrás problemas en los senos frontales.

Víctor era un hombre apuesto, grande y fornido, muy preocupado por su cuerpo, sus funciones y apariencia, realidad central de la que el resto del mundo y las otras personas no eran sino meros reflejos sin sustancia: la egolatría del atleta o del inválido, aunque no era ni lo uno ni lo otro, solo un hombre sano, aunque inactivo. Había estado contratado por una empresa de materiales de aluminio, pero el empleo desapareció después de un tiempo. A veces trabajaba para un amigo que vendía coches de ocasión. Otras veces salía con unos amigos llamados Don y Fred, o Dwight y Roy, que estaban en el negocio de reparación de televisores, o en el de piezas de recambio para automóviles; y regresaba con algo de dinero, siempre en metálico. De vez en cuando almacenaba un montón de bicicletas en el viejo cobertizo del tractor, que tenía siempre cerrado con candado. Los niños se volvían locos por echar mano a las bicicletas, que eran de las buenas, relucientes, de diez marchas, pero una vez le dio a Dalton un puñetazo que le hizo atravesar la habitación, solo por haber mencionado las bicicletas que tenía almacenadas para ayudar a su amigo Dwight.

A los catorce años, Michael descubrió que su padre a veces se drogaba, y que guardaba sus provisiones, casi siempre de estimulantes, en la cómoda de Mary. Irene y él discutieron si debían denunciarlo a la policía. Finalmente terminaron por tirar el polvo por el retrete sin decirle nada a nadie. ¿Cómo iban a hablar con la policía si ni siquiera podían hablar con su madre? No cabía la menor duda de que ella sabía y no sabía; la palabra «saber» se hizo en aquella situación muy difícil de definir. Había un único hecho cierto: que ella era una mujer leal. Víctor era su marido. Para ella, lo que él hacía estaba bien hecho.

Michael era el primogénito, y lo que él hacía también estaba bien. Pero Michael no aceptaba ese razonamiento. Le parecía inmoral. Si ella no hubiera vuelto a casarse, la lealtad que le mostraba habría tenido quizá cierta importancia... A los diecisiete años, Michael consiguió un empleo en una constructora, al otro lado de la ciudad, y dejó la casa. En los siguientes dos años, Irene solo lo vio un par de veces.

Ella y Michael, que se llevaban algo más de un año, habían estado muy unidos al principio, y compartieron juntos el mundo entero. Ya a punto de cumplir los once, Michael empezó a alejarse de Irene, y eso a ella le pareció correcto o al menos inevitable, y, por tanto, lo sintió como una pérdida, no como un pesado dolor; pero, al entrar de lleno en la adolescencia, el rechazo de Michael se hizo absoluto. Se pasaba el tiempo con una pandilla de machos, adoptando sus maneras y la retórica del desprecio que sentían por las hembras, incluyendo a Irene. Aquello, que ella solo pudo considerar como una traición, sucedió en la época en que su padrastro comenzó a ponerse realmente pesado, cerrándole el paso cuando subía al baño, apretándose contra ella cuando la encontraba en la cocina, entrando en su habitación sin llamar a la puerta, tratando de meterle mano por debajo de la falda. Una vez la atrapó detrás del cobertizo del tractor, y ella intentó bromear con él y burlarse porque no podía creer que lo hiciese en serio, hasta que de pronto lo tuvo encima, pesado como un colchón, sofocante y brutal; en un instante de suerte logró librarse de él, con una muñeca magullada. Después de aquello se las arregló para no quedarse nunca a solas con él en la casa y evitó por completo ir al patio trasero.

Era difícil estar siempre preocupada por ese asunto. Quería contárselo a Michael y que él la apoyara, que la ayudara un poco. Pero ya no se lo podía decir. Le haría reproches por haber permitido que la acosara Víctor. Ya se lo reprochaba, por ser una mujer, por tanto, sujeto de lujuria, por tanto, impura.

Mientras Michael vivió en la casa, si le hubiese pedido ayuda, él habría acudido. Pero ahora, si gritaba, su madre se enteraría enseguida, e Irene no quería que ella se enterara. La vida de Mary estaba fundada en el amor y la lealtad a la familia. Romper esos lazos sería como destrozarle la vida. Si tenía que escoger, si se veía forzada a ello, probablemente se pondría del lado de su hija y en contra de su marido; y entonces Víctor tendría todos los pretextos que quisiera para castigarla. Una vez que Michael se hubo marchado, lo único que Irene podía hacer era marcharse ella también. Pero no podía largarse así, sin más, como Michael, hasta la vista, fue un placer conocerte. Su madre debía tener a alguien de quien depender. En los últimos cinco años había tenido cuatro embarazos, de los cuales tres terminaron en abortos. Ya tomaba la píldora, pero Víctor no lo sabía porque pensaba que los anticonceptivos «bloquean el material fértil arriba, en las glándulas» y le prohibió usarlos, cosa que quizá no habría estado haciendo si no hubiese sido porque Irene le daba ánimos y hacía de ello un misterio de mujer. Padecía problemas circulatorios; tenía piorrea y necesitaba una intervención dental de importancia, a la que tenía acceso económico en la Escuela de Odontología, pero solo si alguien se ofrecía a llevarla allí cada sábado.

Víctor la golpeaba cuando estaba borracho, no peligrosamente hasta el momento, aunque en una ocasión le dislocó el hombro. Nadie, excepto los niños, estaba con ella la mayor parte del tiempo, y si se lastimara o enfermase de gravedad, tal vez nadie pudiera hacer nada por ella.

Le dijo a su hija, con la ternura que entre ellas reemplazaba a la honestidad:

—Cariño, ¿por qué te quedas en este viejo basural? Tendrías que buscar una habitación en el centro, donde trabajas, y estar con gente joven y agradable. Antes esto era bonito, pero ahora no son más que suburbios llenos de basura.

Irene defendía su arreglo con Patsi y Rick.

—¡Patsi Sobotny, eso es lo que tú llamas una amiga!

Mary reprobaba radicalmente a Patsi por vivir con Rick sin estar casados. Una vez, exasperada, Irene le gritó:

—¿Qué es lo que el matrimonio tiene de maravilloso en tu opinión?

Mary encajó el ataque directamente, sin defensa. Se quedó quieta un instante, mirando hacia la ventana en la penumbra de la cocina, y respondió:

—No lo sé, Irena. Soy una anticuada, pienso como pensaba la gente de antes, ya lo sé. Pero, verás, tu padre, Nick. Era..., con él, tú sabes, el sexo era hermoso, ¿sabes?, no puedo decirlo, pero era solo una parte. Estaba todo lo demás. Todo, tu vida entera, el mundo, ¿ves?, es parte de eso, como es parte de ti, ser marido y mujer, así. No sé cómo decirlo. Una vez que se sabe cómo es, así, una vez que has sentido eso, nada más te importa demasiado.

Irene guardó silencio, viendo en el rostro de su madre una huella de aquella gloria central; viendo también el temible hecho de que toda esa gloria puede suceder y vivirse hasta los veintidós años, y que después de eso se puede vivir veinte, treinta, cincuenta años, trabajar, casarse, tener hijos y todo lo demás sin ninguna razón particular para hacerlo, sin ningún deseo.

Soy la hija de un fantasma, pensó Irene.

Aquella noche, mientras ayudaba a su madre a limpiar la cocina, le contó que Rick y Patsi estaban a punto de separarse.

—Pues entonces echad fuera a ese holgazán de Rick, y tú y Patsi buscaos a una buena chica para compartir el piso —sugirió Mary, pasándose con rapidez al bando de las mujeres.

—No creo que Patsi quiera. Y tampoco yo tengo muchas ganas de vivir con ella.

—Es mejor que vivir con nadie —dijo Mary—. Pasas demasiado tiempo sola, nunca te diviertes, mi pequeña. ¡Ir sola de excursión al campo! Tendrías que ir a bailar, no a escalar. O si no, entra en algún club de excursionistas donde haya gente joven y simpática.

—También en el cerebro se encuentra gente joven y simpática, mamá.

—Alguien ha de tener cabeza —dijo Mary con autocomplacencia. Se acercó a Irene y le acarició suavemente el cabello, doblándoselo en una mullida cola de caballo—. Tienes un pelo terrible. Cabello griego, como el mío. Tendrías que mudarte al centro. Esto es un depósito de basuras.

—Tú vives aquí.

—Para mí está bien. Para ti no.

Los tres niños irrumpieron en la cocina y enseguida hicieron llorar a Treese quitándole la caja de cereales y llenándose la boca. Parecían tan revoltosos como grupo que siempre sorprendía descubrir que cuando estaban separados eran chiquillos asustadizos que hablaban con voces tímidas y balbuceantes. Mary no tenía control alguno sobre lo que hacían fuera de la casa, y se portaban como salvajes; dentro, el sentido del decoro de la madre prevalecía sobre el irreflexivo orden de sus vidas, y la obedecían. Los mandó a ver la televisión y regresó con su hija mayor. Estaba sonriendo, la serena y feliz sonrisa que revelaba unos dientes y encías deteriorados. Le dio la buena noticia, una noticia demasiado buena para decirla enseguida, demasiado buena para postergarla:

—Michael ha telefoneado.

—¿Qué ha dicho?

—Solo cómo estaba, y preguntó por todos, por ti y por todos. También dijo que tiene un coche.

—¿Y entonces por qué no viene a vernos?

—Tiene mucho trabajo —dijo la madre, volviéndose para cerrar la puerta de la alacena.

Así que tiene mucho trabajo, pensó Irene, podría venir a ver a su madre una vez al año. Pero llamar por teléfono es un favor bastante magnánimo para Don Ocupado. Y la madre de Don Ocupado se conforma y se lo agradece...

No aguanto, de verdad que no puedo seguir aguantándolo. Acabo de hacerle daño a mamá al preguntar que por qué no venía a vernos. Todos los que conozco no hacen más que hacerse daño. Todo el tiempo. Tengo que salir de esto. No puedo seguir viniendo a casa. La próxima vez que Víctor trate de meterme mano, si llega a tocarme o me trata como si fuera una mierda voy a explotar, no puedo seguir callada, y eso solo va a empeorar las cosas y le haré más daño, y no puedo hacer nada, y no puedo soportarlo. ¡Amor! ¿Qué tiene de bueno el amor? Amo a Michael, tanto como ella. ¿Y qué? Dios, ayúdame, nunca me voy a enamorar, nunca estaré enamorada, nunca amaré a nadie. Amar no es más que una palabra bonita para decir que hacemos daño a alguien. Quiero salir. Largarme, largarme, largarme.

Aquella noche, al abandonar la casa de su madre, no bajó por la calle hacia Chelsea Gardens. Dobló a la izquierda y caminó por la vía de grava hasta salir del halo de luz de la lámpara de Víctor, y de nuevo a la izquierda por los terrenos baldíos. Era desagradable caminar en la oscuridad, el suelo era duro e irregular bajo las hierbas enmarañadas, y no llevaba linterna para no llamar la atención de un grupo de «chaquetas de cuero», la banda de maleantes suburbanos que a veces merodeaba por las cercanías de la fábrica. El mismo estúpido miedo que arruinaba todos sus paseos solitarios desde que su amiga del colegio, Doris, había sido violada por una pandilla en una casa en construcción de Chelsea Gardens, el estúpido miedo que no dejaba sitio libre más que a la dulce desolación del país anhelado.

Pero, en los bosques, el sendero no llevaba hacia el lugar entre el laurel y el pino donde se abría el límpido, eterno ocaso. Hacía calor, estaba oscuro, los grillos cantaban fuerte y suave, cerca y lejos; bajo aquel canto había una vibración constante, pesada, coches en la autopista, tal vez, o el sonido de la ciudad entera, cuyo resplandor en el pesado cielo de la noche permitía ver el camino, incluso allí, en los bosques. Pero no había ningún sonido de agua. Dio unos pasos más, allí donde tenía que haber estado el umbral, y regresó. No había camino.

Recordó entonces la vez en que había visto al intruso cruzando el portal, cómo siguió caminando y cómo la luz del crepúsculo fluyó delante de él en una ola. Aquello fue aterrador; no le gustaba pensarlo. Había sido por su culpa. Le ocurrió a él, no a ella. Ella siempre pudo regresar.

Ella lo había traído de regreso. No siempre era capaz de pasar por ese lado.

Pero ¿podía él? ¿Estaría allí en ese momento, allí donde ella no lograba llegar?

Obstinada, volvió al bosque de Pincus al día siguiente por la tarde, al salir del trabajo, y cada dos o tres días durante una semana, dos semanas, como si se tratase de una competencia que se ganaba por fuerza de voluntad, por rechazo a la rendición.

Al final de la segunda semana comenzó a ir todas las tardes al salir del trabajo, primero hasta el parque de los coches en la fábrica de pintura; dejaba el vehículo allí, atravesaba los campos, y entraba en el bosque. Se dio cuenta de que de tanto pasar estaba abriendo un sendero entre las resecas hierbas de agosto, y cambió de ruta; un día tomaba un camino y al día siguiente uno distinto, para no dejar huellas a otros, al otro. Pero no había nada que esconder. Los bosques; las matas de zarzamora; un sendero; una alcantarilla, y poco después una cerca de alambre de espino perdida al pie de una colina. Una pareja de estorninos gorjeando, el tenue rumor de los coches en la autopista, y el sonido de la ciudad como la respiración de un animal de cincuenta kilómetros de largo, tan grande que no se podía oír. La cálida luz de la tarde y el suave aire azulado.

Solía quedarse un momento en el punto donde el sendero comenzaba a descender, donde tenía que estar el umbral; entonces daba media vuelta y regresaba caminando a pasos lentos y pesados hasta el coche y volvía a su casa, a pocas manzanas al oeste de la avenida Chelsea Gardens.

Patsi y Rick habían tenido una turbulenta reconciliación sexual. Resultó la última llamarada. Un sábado por la noche, al regresar de casa de su madre, se encontró en medio de la mayor disputa que habían tenido jamás. No pudo salir. Ella era parte de la familia. Cuando Patsi acusó a Rick de acostarse con Irene, tuvo que salir en defensa de él y de ella misma; cuando Rick la acusó de no compartir el dinero equitativamente, tuvo que ponerse del lado de Patsi, quien a su vez se volvió contra ella por entrometerse con todos. Después de horas y horas de pelea, se dio cuenta de que lo único que quedaba por hacer, y que tendría que haberlo hecho horas antes, era hacer la maleta, pagar y largarse.

Patsi y Rick estaban deprimidos y agotados. Patsi hizo una meticulosa división de las conservas de frambuesa que habían acumulado el mes anterior, e insistió en que se llevara exactamente la mitad de los frascos; no dejó de llorar, pero no se despidió. Rick ayudó a Irene a bajar las cosas al coche sin parar de decir:

—¡Ah, mierda! ¡Qué mierda!

No fue sino hasta pasadas las ocho de la mañana del domingo cuando Irene se marchó. Con el coche cargado de sus inseparables pertenencias metidas en dos cajas de supermercado y una maleta sin asa, bajó por la avenida Chelsea Gardens y luego por la comunidad de Chelsea Gardens hasta la carretera que conducía a la granja. Los tres perritos se pusieron a ladrar y el dóberman a gruñir cuando el ruido del motor rompió el silencio de aquella mañana de domingo. Excepto por los perros, la granja, rodeada de viejas carcasas de automóviles, tenía un aspecto de desolación. Salió del patio marcha atrás y cruzó a la derecha por la calle de grava; llegó al parque de la fábrica de pintura y allí se detuvo. Apagó el motor y salió una vez más a cruzar la maleza de los campos que ya reverberaban en el calor de lo que había de ser un feroz día de verano. Si el camino está cerrado, pensó, me sentaré a esperar hasta que esté abierto. No me importa si tarda un mes... Tenía la cabeza alborotada por la interminable noche de riñas, disputas, explicaciones, reproches y excusas. No había desayunado, aunque entre las cuatro y las cinco de la mañana se había comido una caja de donuts y un cuarto de litro de leche mientras Rick le decía a Patsi que ella jugaba a la mujer dominante y Patsi le decía a él que era un machista.

Iré a dormir allí, frente al portal, y me despertaré cada tanto para ver si ya está abierto, se dijo Irene. Abierto, abierto, abierto, la palabra le resonaba en la cabeza como sus pasos en el silencio del crepúsculo. Los ojos abiertos, la puerta abierta. Allí están los bosques, allí está el camino que entra en el bosque. Allí está la zanja, ahí está la hiedra. Allí está el arbusto grande, allí está el sendero que baja, el pino de tronco rojo, el portal y el camino, la puerta abierta, el camino que entra en mi país, mi propio país, el hogar de mi corazón.

Entró en la luz crepuscular. Bebió del arroyo, luego lo cruzó y subió un corto trecho río arriba hasta un rincón oculto por dos arbustos grandes y viejos donde, años atrás, solía dormir. Allí se acostó, emitió un leve y lloroso gemido de cansancio y perplejidad por el deseo satisfecho, y se durmió.

Dormía tan profundamente en el país anhelado que no tenía sueños. Yo soy el sueño, pensó adormecida, el sueño soy yo. Soy el lado oscuro de la luna, pero no hay noche. De pronto un ruido la despertó, un graznido en la lejanía. ¿Qué ha sido eso? Se sentó, con el corazón latiéndole con fuerza. ¿Ha habido un ruido?

Solo el sonido del agua y el suspiro del viento en la copa de los árboles. El cielo estaba tranquilo. Nada se movía en el bosque.

Al cabo de unos instantes se puso de pie con cautela, buscando alrededor alguna señal de cambio, de peligro. Es por culpa de ese cara gorda. Lo ha cambiado todo. Ya nada es igual. Le alegró encontrar una causa para su desasosiego, una causa detestable. Pero, al buscar huellas del intruso —la hoguera, la mochila— y no encontrar ninguna, advirtió que todavía tenía miedo. El corazón le latía aún con violencia, respiraba con jadeos entrecortados. ¿De qué tengo miedo?, se preguntó indignada. ¿Aquí, justamente aquí? Es lo mismo de siempre, el lugar seguro. Ojalá estuviese allí ahora, bajo techo, en la posada. Tengo hambre. Eso es lo que me pasa, que tengo hambre.

Bebió un largo y profundo trago de agua para llenarse el estómago, recogió hojas de menta para masticar por el camino y siguió hacia Pueblo de la Montaña. Caminó con pasos más rápidos y ligeros que nunca, pues no solo la impulsaba el hambre, sino también el miedo, y no podía detenerse o pensar en ninguno de los dos, ya que entonces se volverían insoportables. Mientras caminaba no necesitaba pensar, y el bosque sombrío fluía ante ella como el agua de los arroyos; tan ligera y rápida era su marcha que nada podría oír sus pasos, nada notaría que ella estaba allí, nada se levantaría ante ella en el sendero para cerrarle el paso con brazos blancos y arrugados.

Las ventanas de la posada estaban iluminadas, como si alguien la esperase. No había nadie en la calle. Tiene que ser tarde, seguramente estarán cenando. Al pensar en la cena, en sopa, pan, cocido, papilla, cualquier cosa, cualquier cosa de comer, sintió que la cabeza le daba vueltas; y cuando Sofir abrió la puerta de la posada e Irene sintió aquel olor a comida, casi no pudo mantenerse en pie.

—¡Oh, Sofir! —dijo—. ¡Tengo tanta hambre!

Al oírla, Palizot salió a su encuentro y, aunque no era mujer pródiga en gestos, la besó y la tomó entre sus brazos un instante.

—Temíamos por ti —dijo Sofir.

La llevó a sentarse junto al hogar. En verdad era tarde: los asiduos visitantes ya se habían marchado y el fuego era un lecho de brasas. Sofir y Palizot iban y venían, buscando agua para que se lavara, comida para que comiese, y hablaban.

—Y ¿sabes? ¡Él ha venido! —dijo Palizot.

E Irene respondió:

—¿Quién ha venido?

Los dos conocidos y bien amados rostros, iluminados por la jubilosa luz del hogar, se volvieron hacia ella; Palizot miró sonriente a Sofir, esperando a que ella hablase por los dos.

—Es él. Está aquí. ¡Ahora las cosas irán mejor! —Lo dijo con cálido placer y con la certeza de que Irene compartía ese sentimiento hasta el punto de no poder comentar nada.

—Ten cuidado, está caliente.

Palizot le sirvió un plato que borró todas las preocupaciones de Irene. Rodeada de aquella dicha, alimento, descanso, luz de hogar, amistad, comió ávidamente. Luego Sofir le preparó el cuarto, la habitación que daba al oscuro precipicio y a los bosques del risco oriental.

Sofir estaba afuera, y Palizot, ocupada, así que desayunó sola. No había mucho que desayunar: un poco de leche, un pedazo de queso y una pieza de pan tan pequeña y dura que le dio lástima cortar una rebanada de aquel pobre mendrugo. Era evidente que hacía tiempo que los mercaderes no traían trigo desde la Ciudad del Rey a la montaña.

Al despertar, pensó que cuando la noche anterior Sofir y Palizot dijeron: «Él ha venido», se referían al Rey. Un poco más despejada, consideró que no se habían referido al Rey en persona, sino a un mensajero del Rey, algún enviado con potestad para abrir los caminos. Ya despierta, supo que no se habían referido a nadie relacionado con el Rey.

—Vas a ir a casa del Amo —le dijo Palizot al pasar por la cocina, cargada con la ropa que traía del tendedero—. He aireado un poco tu vestido rojo; se arruga tanto guardado en el baúl... ¿Tienes medias limpias? Mira, ¿te gustan estas?

—Supongo que él está allí —dijo Irene. Dado que «él» no estaba hospedado en la posada, seguramente había sido invitado a quedarse en la casa del Amo. A ella no la habían invitado nunca. Sintió un dolor agudo, a pesar de lo mezquino de la causa y su determinación a no demostrarlo, y eso la preocupó tanto que apenas alcanzó a oír la respuesta de Palizot:

—¿Él? Oh, no, él está en la mansión. Pero hace tiempo que el Amo nos pidió que te mandáramos a su casa en cuanto regresaras.

Aquello era un consuelo. «Él» podía quedarse en la mansión todo el tiempo que quisiera.

—Son preciosas —dijo, admirando las medias que Palizot exhibía encima del montón de ropa—. ¿Las tejiste hace poco?

—Con la lana buena de cuatro pares viejos —dijo con satisfacción de artesano astuto—. Póntelas, *levadja.* Son para ti.

Con las hermosas medias y el vestido rojo, salió a la luz crepuscular de la calle, y subió los irregulares peldaños que llevaban a la casa del Amo. Los gansos, en el corral de la pared meridional, con cuellos blancos y cuerpos relucientes, silbaban y se meneaban; uno sacudió las alas un instante. Irene siempre había tenido cierto temor a los gansos. Tocó a la puerta de los doce tableros y Fimol, serena como siempre, la recibió y la llevó por el salón, entre la sombría mirada de la antepasada y la expresión amenazadora del ancestro manco, hasta la puerta del despacho del Amo.

—Irena ha venido —dijo con su voz clara y discreta.

Él dio la espalda al escritorio, abriendo los brazos con notoria alegría.

—¡Irena, Irenadja! ¡Bienvenida! ¡Te hemos echado de menos!

Yo te he echado de menos, quiso decir ella, pero no pudo. La lengua nunca la obedecía en presencia del Amo. Lo obedecía a él.

—Ven y siéntate —dijo. Su sonrisa hacía que pareciese más joven—. Dime —dijo con voz afable—, ¿cómo te fue al venir? —Su oscura mirada estaba fija en ella—. Temía que no pudieses venir —dijo, hablando más bajo y deprisa, y apartó los ojos.

—El camino estaba cerrado... hasta anoche. Yo quería... ¡Traté de venir!

Él asintió, grave y gentilmente.

Ella intentó encontrar las palabras correctas.

—No vi nada, cuando el camino se abrió... nada era distinto. Pero sentí..., hubo un ruido, pero tal vez no oí nada. Era algo que no vi. —Mientras hablaba, en aquella silenciosa habitación, el terror que no se había permitido el día anterior en los bosques de la montaña le recorrió el cuerpo en un largo escalofrío: se acurrucó en la silla y se estremeció. La voz se le hizo seca y delgada—. ¡Nunca había tenido miedo en el bosque!

Alzó los ojos hacia el oscuro rostro del Amo, deseando la seguridad de su fuerza. Él calló durante un rato, y por último dijo con una voz todavía sorda:

—Sin embargo, has venido.

—Alguien más —dijo Sofir—. Alguien más ha venido: un hombre.

El Amo asintió. Estaba ocultando, tal vez con embarazo, alguna intensa emoción. Finalmente, pronunció una palabra o nombre que Irene no conocía, *hiuradja*, y encontró de nuevo la mirada de ella, intensa, interrogativa.

—¿Vino del norte... de la Ciudad? —preguntó, pese a que sabía la respuesta.

—Del sur. Como tú. Por el camino sur. Como la primera vez que viniste, sin conocer la tierra ni el idioma.

La curiosidad, el deseo de conocer la llaneza total de

la verdad, era más fuerte que la decepción o el resentimiento.

—¿Es...? —No sabía cuál era la palabra para decir rubio, o claro; ellos eran morenos—. ¿Tiene el pelo como paja, y es gordo?

El Amo asintió con un gesto breve.

—Estamos citados en la mansión para encontrarnos con él —dijo, y algo en su voz alertó a Irene, un deje de ironía, de rabia, tal vez de resentimiento—. Ven.

—¿Ahora?

—Tan pronto como sea posible, dijo el señor Horn.

En su tono había sequedad y sarcasmo; sin el menor gesto de complicidad, y con la mirada tan impenetrable como siempre, el Amo la guio fuera de la casa y calle arriba hasta las altas y delicadas puertas de la mansión. Caminaron en silencio entre el prado y el bosque. A la derecha, la ladera de la montaña se elevaba con árboles sombríos, desvelando un atisbo de los empinados flancos rocosos de la cima lejana. Ante el Amo e Irene se erguía la gran casa, con sus atezados muros de piedra sobre los que el calor se demoraba como la luz del crepúsculo.

Fueron recibidos por un anciano, que los guio a través de salas majestuosas, frías y a medio amueblar, y los llevó escaleras arriba hasta una galería iluminada por amplios ventanales, que miraban sobre el imponente precipicio y hacia las crestas orientales, que se dibujaban nítidas contra el cielo. Al fondo de la galería, junto a un hogar de mármol, estaban el señor Horn y su hija con el forastero.

Era él, naturalmente, la cara redonda, las manos gruesas.

Echó una mirada fugaz al hombre que estaba junto a ella: el perfil oscuro, duro, fino, contenido, vigoroso. El Amo no dijo nada, no hizo ningún gesto, pero Irene reconoció en su rostro el odio que ella misma sentía.

El señor Horn se adelantó para saludarlos con sus rígidos y lentos modales. La hija sonreía pálidamente. Era rubia, Irene lo había olvidado. Parece que no todos tienen el cabello oscuro, pensó. El de la chica era claro y rizado como lana de oveja.

—Irena, amiga mía —dijo el señor Horn—. Nuestro huésped, tu campesino, supongo. Se llama Hiuradjas.

Ella vio que la reconocía; la leve sonrisa: primero de desaliento, luego de sorpresa, después de esperanza, como plano y contraplano en una comedia de televisión. Él se adelantó hacia ella con torpe ansiedad y dijo en inglés, tartamudeando:

—Hola, yo... lamento que..., tal como dijiste, no hablo el idioma.

Ella retrocedió un paso, manteniendo la distancia.

—Señor Horn —dijo—, cuando estoy aquí hablo vuestro idioma. —Irene advirtió que el Amo, con un movimiento de cabeza, se ponía alerta como un halcón. El señor Horn no dijo nada, solo echó al Amo la misma mirada de siempre. Siguió un extraño silencio difícil de soportar.

—Él no conoce nuestro idioma —dijo el anciano—. ¿Nos ayudarás para que podamos entendernos?

El Amo no hizo señal alguna. La gravedad que mostraba era impresionante. Reticente y descortés, ella se volvió hacia el intruso, pero, en vez de mirarlo, fijó la vista en el suelo pulido frente a los pies de él... Zapatos deportivos, grandes, largos y sucios. Luego le dijo:

—Quieren que te traduzca. Comienza.

—Sé que no te gusta que yo esté aquí —empezó la voz—. No pertenezco a este lugar, supongo. No sé. Mi nombre es Hugh Rogers. Si les vas a decir lo que yo diga, diles que gracias. Han sido muy amables conmigo.

La voz del joven se interrumpió, y ella pudo oírlo carraspear.

—Dice que llegó aquí por equivocación —expresó, volviéndose hacia el señor Horn, pero sin levantar la cabeza—. Quiere daros las gracias por vuestra amabilidad. —Habló en un tono neutro, como si fuera una máquina de traducir.

—Nosotros le damos la bienvenida, es tres veces bienvenido.

—Dice que eres bienvenido —dijo en un inglés sin expresión.

—¿Quién es él? Ni siquiera sé cómo se llaman. ¿Tú eres Rayna?

Aquello la confundió por un momento. Él tendría que llamarla Ayrín. Solo su madre y la gente de Pueblo de la Montaña la llamaban Irena. Evidentemente él había oído el nombre. De todos modos, eso no era asunto de él.

—Este es *Aur Horn*, el señor Horn, y este *Dou Sark*, amo Sark, el amo de Tembreabrezi. Ella es la hija de Horn. No sé cómo se llama.

—Allia —dijo inesperadamente la muchacha, con una sonrisa, dirigiéndose no a ella, sino a Hugh Rogers. Él volvió los ojos mansos hacia la chica. Y luego miró de nuevo a Irene.

—Creo que piensan que soy alguien que no soy realmente —dijo.

Ella parecía indiferente.

—¿Puedes decirles que no soy de aquí? Diles que vengo de, tú sabes, de otra parte, y que se trata de un error.

—Eso no cambiará nada.

El desprecio de Irene terminó por ponerlo incómodo. Enderezó la espalda y frunció el ceño.

—Mira —dijo—, desde que llegué fue como si me estuviesen esperando. Actúan como si me conocieran. Pero yo no los conozco y no consigo hacerles entender que me confunden con alguien que no soy.

—Aquí tú no sabes quién eres.

—Ellos no, pero yo sí —dijo con inesperada firmeza.

—Es por el modo en que viniste.

—Yo no vine, solo llegué, no sabía que hubiera un pueblo, ¡no hice más que seguir un camino!

—Ninguno de ellos puede recorrer ese camino. Nadie de aquí puede. Solo la gente que viene de..., por el portal.

Él no entendió.

—¿Puedes decirles que, sea quien sea el que esperan, yo no soy él?

Ella se volvió hacia el señor Horn y dijo:

—Me pide que le diga que él no es el hombre que esperáis.

—No lo tomamos por nadie que no sea él —dijo el anciano pausadamente, y en sus palabras había dobles significados, o significados ocultos.

Ella las tradujo al inglés con vacilación:

—El señor Horn dice que, para ellos, tú eres quien tú dices que eres.

—Parezco ser el que *ellos* dicen que soy.

—¿Y qué hay de malo en eso? —espetó ella.

—Tengo que irme dentro de poco. ¿Lo saben?

—No van a detenerte.

—Tú me pusiste en guardia aquella vez, en el portal, ¿contra qué? ¿Son peligrosos? ¿Están en peligro?

—Sí.

—¿De qué? ¿Qué clase de peligro?

—Las dos cosas. ¿Por qué habría de decírtelo? ¿Te debo algo? Según tú mismo, no perteneces a este lugar. Tú eres el peligro, tú eres lo que anda mal; comenzó cuando tú viniste. Yo sí que pertenezco a esto, este es mi lugar. Tú crees que te lo voy a ceder porque eres hombre y te sientes dueño de todo. ¡Pues aquí no es así!

—Irena —dijo el Amo—. ¿Qué sucede? ¿Qué ha dicho?

—¡Nada! Es un necio. No es de aquí, no tendría que estar aquí. ¡Debes expulsarlo y prohibirle que regrese!

—¿Qué es esto? —dijo el señor Horn con mayor lentitud que nunca—. ¿No conoces a este hombre, Irena?

—No, no lo conozco, ¡y no lo voy a conocer!

Allia miró a su padre y habló con una voz fina y pausada:

—Irena habla con miedo por nosotros.

El señor Horn miró a su hija, a Sark, y posó en Irene sus descoloridos ojos de hombre viejo.

—Nosotros te llamamos amiga —dijo.

—Soy vuestra amiga —dijo con furia.

—Lo eres. Y también él. Ningún daño viene de ese camino, tu camino, Irena. Tú has venido a decir nuestra palabra; él, a satisfacer nuestra necesidad; así es como ha de ser. El uno y la otra, el otro y la una. Son dos los que van por ese camino.

Ella se quedó en silencio, atemorizada.

—Yo voy sola —susurró.

Entonces, sintió que se echaría a llorar como una estúpida, y tuvo que volverse para secarse las lágrimas con el pañuelo que Palizot le había puesto en el bolsillo del vestido. Era difícil volver a mirarlos de frente. Cuando lo hizo, sintió que el rostro le ardía.

—Trataré de hacer lo que me pidáis —dijo—. ¿Qué quieres que le diga?

—Lo que te parezca mejor —replicó el señor Horn con un tono firme y opaco—. Habla tú por nosotros.

Desconcertada, vio cómo Horn, después de saludarlos con un movimiento de cabeza casi imperceptible, abandonaba la sala acompañado por Allia y Sark. Irene se quedó sola, cara a cara con el extraño.

Hugh se sentó en una silla que resultó demasiado estrecha para él; se levantó con dificultad y se quedó de pie frente a los amplios ventanales.

—Lo siento —dijo.

La luz oriental era fría. Ella se acercó más al hogar. El espasmo de llanto la había dejado débil y desalentada. Tenía que hacer lo que había prometido.

—Esto es lo que te quieren decir, tal como yo lo entiendo: algo anda mal aquí; por alguna razón no pueden salir del pueblo. Nadie puede salir a los caminos. Salvo nosotros, que venimos del sur. Tienen miedo de algo y parece que sigue empeorando. Hasta que viniste; ellos piensan que, de algún modo, todo esto va a cambiar.

—¿Cambiar qué?

—Este miedo.

—¿Qué miedo? Es aquí donde no tengo miedo. —Le dio la espalda a la ventana—. Aquí no entiendo lo que dicen, ni por qué nunca es de noche ni de día, pero eso nunca me ha asustado. ¿De qué hay que tener miedo?

—No lo sé. No conozco tanto el idioma. Ellos nunca hablan de eso, y si lo hacen, no llego a entenderlos. Solo dicen que no pueden marcharse del pueblo y que nadie puede llegar aquí desde los llanos.

—Los llanos —repitió él.

—Hacia el norte, montaña abajo. El camino atraviesa los llanos y finalmente llega a una ciudad.

Lo miró y vio sus ojos, grandes y azulados, en el rostro pesado, blanco y anhelante. Hugh se había vuelto hacia ella, pero, absorto como estaba, contemplando los llanos del crepúsculo en el interior de su propia mente, no llegó a verla.

—¿Has estado allí?

Ella meneó la cabeza.

—¿Hacia dónde está el mar?

—No sé. No sé cómo se dice mar.

—Todos los arroyos corren hacia el oeste —dijo él en voz baja.

La miró con expresión desconcertada y ansiosa; la frente arrugada, el pelo rizado, la cara desnuda hacían que pareciese un buey. Una vez, hacía mucho tiempo, Irene había visto un dibujo en la portada de un libro; un hombre con cabeza de toro, de pie en una habitación diminuta. Muchas veces, en la oscuridad antes de dormir, la imagen de ese cuerpo de hombre con aquella cabeza pesada y terrible volvía a ella.

—¿Sabes dónde estamos? —le preguntó él.

Y ella respondió:

—No.

Después de un rato él dijo:

—Tengo que irme pronto. Me preocupa regresar tarde. Si quieren que haga algo, el próximo fin de semana lo intentaré. Podré pasar la noche. Pasar la noche según la hora del reloj, quiero decir. ¿Crees... crees que una hora de reloj equivale a algo así como un día de aquí? Quiero decir un día y una noche, si es que...

—Si es que aquí hay días y noches —confirmó ella. Era muy extraño hablar de algo así con otra persona, escucharla hablar de eso—. ¿Cómo encontraste el camino la primera vez? —preguntó por pura curiosidad, y de esa manera supo que había consumido toda su rabia, y que había aceptado el hecho de que él estaba allí.

—Estaba... —Parpadeó. La voz se le quebró en la garganta—. Estaba escapando. De... no sé. Es que estoy como atascado. Sin hacer lo que realmente quiero.

—¿Qué quieres hacer?

—Nada. Importante. —Le salió en dos palabras separadas—. Es solo que quiero cursar unos estudios, pero no lo consigo.

—¿Qué clase de estudios?

—Bibliotecas. No es tan importante.

—Pues sí que lo es, si es lo que quieres hacer con tu vida. ¿A qué te dedicas?

—Cajero en un supermercado.

—Ya.

—Pagan bien. No es tan espantoso, ya sabes. ¿Cómo llegaste aquí la primera vez?

—Escapando. Como tú —empezó a decir.

Pero se le secó la garganta. No podía hablar del pasado; Doris violada, y el acoso en su casa, y todo eso, había sucedido hacía ya mucho tiempo y no tenía sentido recordarlo. Lo había dejado atrás. Había llegado ahí. Nada de aquello existía ahí. Ahí había paz, y silencio, y nada cambiaba, siempre era lo mismo. Ahí no se hacían preguntas. Se llegaba a casa. Él no podía entenderlo, era un extraño. De qué modo explicarle que había ido ahí porque ahí estaba el amor de ella. El amor, el Amo. Nunca nadie lo sabría, nunca nadie lo entendería, ese centro secreto, ese silencio. En la edad de él, en su dominio, en su extrañeza, incluso en su dureza, en todo lo que los dividía, en la distancia que los mantenía separados, había sitio para el deseo sin terror, había espacio y tiempo para el amor sin efecto, sin castigo ni dolor. El único precio era el silencio.

Ella era silenciosa.

El extraño, enorme frente a la luz del ventanal, se mantuvo de pie casi dándole la espalda, mirando hacia afuera.

—Me gustaría poder quedarme. —Alzó la voz.

Pero luego se volvió resuelto, y fue a despedirse de sus anfitriones. Ella solo permaneció allí para transmitirles la promesa de Hugh de que regresaría en presencia del señor Horn, quien aceptó sin reparos tanto su partida como su palabra de que volvería. Luego Irene abandonó la mansión. Caminando por el jardín hacia la puerta de hierro, pensó en el viaje de regreso que también ella debía emprender en poco tiempo. Miró hacia el costado oscuro de la montaña, el gris remoto de la superficie de rocas. El silencio de la montaña era pesado, como una tapa presionando sobre un sonido, un sonido que siempre estaba allí. Sintió un escalofrío, cruzó los brazos, y siguió caminando. ¿Por qué regresar? Él debía regresar, pero eso no tenía nada que ver con ella. ¿Por qué hacer esa larga caminata de regreso al portal a través de los bosques oscuros? ¿Por qué no quedarse allí, en el país anhelado?

Solía decirse eso cuando yacía en la alta y silenciosa habitación de la posada... Pero nunca imaginó qué haría si se quedaba, cómo podía adaptarse a la vida del pueblo, que era completa sin ella. Había llegado, necesitada de ayuda y dispuesta a ayudar, y de las mujeres aprendió a tejer y a cardar lana, y subía a la Pradera Larga con los niños, y bajaba a Tres Fuentes con los mercaderes, y hacía reír a la gente con sus errores de gramática, y se marchaba de nuevo. Aquel no era su hogar; siempre lo había llamado así, pero ella no tenía hogar; se quedaba en la posada, no había allí ni en ningún sitio una habitación que fuera suya.

Se quedó quieta y con las manos cruzadas bajo el portal de hierro.

—Irena. —Se volvió; era él, y le sonreía—. Ven a mi casa.

Lo siguió sin hablar.

En el salón de las dos chimeneas él se detuvo y se volvió hacia ella.

—Déjame que vaya al norte en tu nombre —dijo Irene—. A la Ciudad. El señor Horn no va a enviarme. Enviará al hombre. Déjame ir por ti.

Mientras hablaba veía los largos caminos que atravesaban el llano crepuscular, el tenue brillo de las torres, los portales, las hermosas calles grises que subían hasta el palacio. Se vio a sí misma, la mensajera, caminar por esas calles. No lo creía y, sin embargo, lo estaba viendo.

—Conmigo —dijo el Amo—. Irás conmigo.

Ella lo miró totalmente desconcertada.

—El hombre se va esta noche. Mañana por la mañana espérame en el patio de Gahiar.

—¿Tú puedes...? ¿Podemos ir juntos?

Él asintió. Tenía una expresión sombría y firme. La incrédula dicha que crecía en ella cantó: «¡Oh, mi Amo, mi amor, juntos!», pero en silencio, siempre en silencio.

Sark dio unos pasos.

—Seré el señor —dijo muy suavemente y con voz seca—. No él, y no él, sino yo. —Miró a Irene con una curiosa sonrisa—. ¿No tienes miedo? —le preguntó con sorna.

Ella sacudió la cabeza.

Después de desayunar abandonó la posada; dobló a la izquierda allí donde el camino sur entraba en la calle, pasando frente al taller de Venno, el carpintero, y frente a la cabaña del viejo Gelba. Caminaba a paso rápido y los rústicos zapatos golpeaban la falda hacia los lados, arrancando destellos a las medias rayadas. Tenía las manos cerradas, y también los labios. El camino de tierra corría junto al patio del tallador de piedras. Allí esperó, caminando entre los cedros y los bloques de piedra cortada, inquieta al principio, pero hundiéndose poco a poco en una pasividad tal que cuando al fin lo vio llegar no sintió alivio ni entendió demasiado lo que ocurría. Sus sentimientos parecían desligados de su mente y sus sentidos. Lo observó mientras llegaba. Un hombre moreno, ágil, delgado, con un rostro oscuro y hermoso; fue como si nunca lo hubiese visto antes y no lo conociera. Caminaba rápidamente, casi rígido, y no se detuvo al pasar frente al patio del tallador de piedra. Pareció que no la miraba.

—Vamos —dijo.

Ella lo alcanzó en el camino. Lucía como de costumbre, solo que llevaba un abrigo de lana y un cuchillo envainado en el cinturón, al estilo de los mercaderes que bajaban de la montaña; pero había un cambio en él, se le veía igual que siempre, pero no lo conocía.

El camino dobló un poco —le daban la espalda al pueblo, y al portal, mucho más atrás—, luego comenzó a descender un zanjón que se abría entre elevadas pendientes de tierra rojiza.

—¡Vamos! —repitió él. Irene había aminorado la marcha solo para ir junto a él.

Siguió así durante un trecho.

—Amo —dijo, volviéndose. Él se detuvo. La miró. Tenía una expresión muy extraña en los ojos. Se acercó caminando directamente hacia ella, como si fuese ciego. Tuvo miedo de él.

—Espera ahí. —La voz de él era débil y ella vio que le temblaba la mandíbula—. Espera. Yo...

Se detuvo de nuevo. Miró alrededor de él, sacudiendo la cabeza, hacia las elevaciones a ambos lados del zanjón, y detrás de Irene hacia el camino. Dio un paso más hacia delante, y luego, con un grito sibilante y plañidero, trató de volverse; las rodillas se le doblaron; cayó de rodillas y así, tambaleándose y haciendo eses, subió otra vez por el sendero. No se habían alejado casi cien metros del patio del tallador de piedras. Allí lo alcanzó.

—Amo —dijo—, no lo hagas, está bien...

Trató de tomarlo del brazo. Él la empujó con la ciega fuerza del pánico hasta el otro lado del camino y corrió hacia el pueblo, lanzando aquel grito agudo y sibilante.

Irene se puso de pie; estaba mareada y se había raspado la frente con una piedra. Se sacudió el polvo de la falda y durante un momento se sintió aturdida. Caminó despacio hacia un rugoso bloque de granito y se sentó encima, apretándose el estómago con los brazos y con la cabeza hundida entre los hombros. Tuvo náuseas y unas tremendas ganas de orinar; se acercó lentamente a la zanja que había bajo los cedros y allí se puso en cuclillas. Arriba, junto a la cabaña de Ceiba, una pareja de escuálidas cabras empezó a balar suavemente. Irene regresó a la roca y se quedó mirando las marcas del cincel.

Yo no tenía miedo, se dijo a sí misma, pero no sabía si era cierto o falso: hasta ese punto la había dominado el temor que sentía por él.

Nunca me perdonará haberlo visto así, pensó, y supo que era cierto, y que era insoportable aquella certeza.

Se marchó del patio del tallador de piedras y pasó, caminando despacio, frente a la cabaña de Gelba y el taller de Venno.

Podría seguir así hasta la Ciudad si no fuera por él, se dijo con rabia; pero supo enseguida que eso era falso. Ni con él ni sola conseguiría llegar. Todo era falso, todo mentiras y alardes y sueños estúpidos. No había camino.

Se quedó el resto de aquel día y una noche más. Ya no sentía muchos deseos de permanecer. Todo allí se había arruinado, y en el otro lado había dejado sus cosas en desorden. Buscaría un sitio donde vivir y luego, si se le antojaba, tal vez regresaría. Ella no era la sirvienta de nadie. Haría lo que quisiera.

Cuando partió por el camino sur, sintió que el corazón le latía con fuerza; era por miedo al miedo, nada más; siguió caminando decidida.

No miró atrás. Nunca hay que mirar por encima del hombro. Había aprendido eso hacía tiempo, cuando era una niña que tenía miedo de la oscuridad, entre las extrañas hileras del vivero, de noche, corriendo. Si miras atrás estás perdida. En las calles del centro, ruido de pasos a tus espaldas y un largo trecho hasta la próxima esquina. Sigues caminando y no miras atrás. La bajada era empinada, y el bosque, muy espeso; nunca había sido tan consciente de la acumulación de troncos y el entramado de ramas. Trató de caminar en silencio y luego dejó de hacerlo porque le daba miedo. Por fin oyó enfrente el murmullo del agua, Río Tercero, la corriente al pie de la montaña. Aquel sonido era hermoso, la única música del país anhelado. Porque allí ni los pájaros, ni la gente de Tembreabrezi, ni siquiera los niños, cantaban. El viento susurraba o emitía un solitario gemido entre las ramas más altas, pero solo el agua cantaba, pues venía de lugares más profundos que el miedo. Llegó a la corriente, ancha y poco profunda en el vado, que brillaba bajo los viejos alisos cubiertos de musgo, y tropezaba felizmente con cada roca que encontraba en el camino. La atravesó y luego se arrodilló a beber. El agua corría entre ella y la montaña, y el corazón se le había tranquilizado.

Caminaba con firmeza, el cuerpo alerta y la mente ocupada por pensamientos tan extensos como inexpresables, cuando su cuerpo, con cuidado, pero sin advertírselo, se detuvo de pronto. Irene tuvo conciencia de esa inmovilidad, y se preguntó: «¿Qué ha sido eso?».

El ruido venía de adelante. Lo que ella temía estaba detrás... ¡pero allí!, el bulto blanco moviéndose por la curva, ¡allí! Ella alzó la rama que había recogido en la montaña para usarla como bastón durante la marcha y golpeó con fuerza en un arranque de terror. El golpe iba dirigido a la cara, pero, como él había levantado el brazo al salir de los arbustos, allí recibió el impacto. Se quedó de pie, con la cabeza ligeramente inclinada hacia atrás, la boca abierta. Tenía los ojos de un toro con cuerpo de hombre en una habitación pequeña. Irene apenas sentía la mano con que empuñaba la rama. Dio un paso hacia atrás por el sendero, un segundo paso, con los ojos puestos en el hombre.

Él abrió y cerró la boca, jadeando.

—No puedo —dijo con voz ahogada, y sacudió la cabeza—. No puedo salir.

Luego se sentó sobre las malezas al borde del camino, con la cabeza inclinada y los brazos apoyados en las rodillas, abatido. A Irene todavía le temblaban las piernas. Se sentó a poca distancia de él, dejó la rama a un lado, y se frotó la mano entumecida.

—¿Te has perdido?

Él asintió. El pecho le subía y le bajaba.

—Pasado el portal.

—Hace ya dos días que saliste del pueblo.

—El camino seguía y seguía.

—¿Te quedaste dentro? ¿Después de haber pasado por... por donde tenía que estar el portal?

—Pensé que tenía que haber algún sitio por donde se pudiera salir.

—Estás loco —susurró en tono despectivo, pero admirando su obstinado coraje.

—Fue estúpido —dijo él con su voz ronca y grave—. Terminé por dar media vuelta. Pensé que de lo contrario perdería el camino.

Se frotaba mecánicamente el brazo que había recibido el golpe. Había sido el blanco de su camisa lo que ella había visto entre los arbustos. Aunque de cerca no le parecía tan blanca, manchada como estaba de barro y sudor.

Irene abrió la pequeña bolsa que llevaba atada al cinturón y sacó un mendrugo —en Río Tercero se había comido todo el queso, pero solo la mitad del pan que le dio Sofir— y se lo ofreció por encima del sendero.

Él alzó los ojos; tomó el mendrugo y lo comió como ella nunca había visto a nadie comer un trozo de pan, sosteniéndolo con ambas manos y adelantando la cabeza como si estuviera bebiendo, o rezando. Muy pronto lo acabó. Entonces enderezó la espalda y le dio las gracias.

—Ven —dijo ella, y él se levantó enseguida. Irene sintió que algo se sacudía dentro de ella (la ciega compasión del cuerpo por la herida) viendo la pesada obediencia de él, mirándole la cara blanca y abatida—. Vamos. —Le habló como habría podido hablarle a un niño; y lo guio sendero abajo.

Pasado el Río Medio le preguntó si quería descansar;

él le respondió que llevaba retraso, de modo que siguieron adelante.

Bajaron la última cuesta; cruzaron el arroyo amado y llegaron al lugar del comienzo. Ella no se detuvo, el miedo de él la impulsaba. Siguió adelante a través del claro, entre el pino alto y los laureles, a través del portal.

En lo alto del sendero, a la luz y el calor del pleno día y el sonido de un avión muriendo en el este, y el hedor de caucho quemado que venía de algún lugar más allá de la colina, Irene se detuvo y esperó que él la alcanzara.

—¿Bien? —preguntó con un deje de triunfo.

—Bien —dijo él.

Estaba gris y arrugado como un hombre de cincuenta años, un vagabundo con barba de varios días, un borracho o un yonqui, encorvado y tembloroso.

—Oh, muchacho —dijo ella horrorizada—. Tienes mal aspecto.

—Necesito comer algo.

Habían caminado tanto juntos que siguieron así un trecho más.

—¿Vienes todas las semanas? —preguntó ella.

—Cada mañana.

Dejó que eso la empapara durante un rato.

—¿Puedes entrar siempre? ¿Siempre está ahí el camino?

Él asintió.

Después de un silencio ella dijo:

—Yo siempre puedo salir.

Abandonaron los bosques de Pincus. La luz sobre la maleza era tan brillante que los detuvo. Hacia el oeste, una capa translúcida de humo mezclado con niebla se extendía sobre la ciudad. El sol ardía a través de aquella neblina con un brillo cegador; todo el aire reverberaba por el humo y quemaba por la luz. Cada tallo de hierba proyectaba una sombra. El penetrante chillido de una cigarra estalló y se quebró, y desde los bosques que habían dejado atrás les llegó nítido el canto de un pájaro. Les ardían los ojos y el sudor les corría por la cara.

—Mira —dijo él—. Es acerca de tu letrero. Lo siento, pero no puedo quedarme afuera.

—De acuerdo. Lo sé. —Ella se encogió de hombros, y miró más allá de los campos hacia la lejana autopista. El metálico hilo de coches destellaba y se deslizaba hendiendo el aire—. No me pertenece. Y la mayoría de las veces ya ni siquiera puedo entrar.

Comenzaron a atravesar los campos.

—Por lo general vengo cerca de las cinco y media de la mañana —dijo él.

Ella guardó silencio.

—Pero no puedo llegar al pueblo de la montaña y regresar antes de la hora del trabajo... —Estaba pensando en voz alta, despacio—. El próximo fin de semana será el Día del Trabajador y tendré el domingo y el lunes libres. Puedo venir. Ellos... Me pareció que estaban pidiéndome que volviese.

—Lo estaban.

—De acuerdo. Podría ir y quedarme más tiempo. —Balbuceó antes de callar de nuevo, y luego dijo abruptamente—: Así que si tú quieres... —Quince o veinte pasos después agregó—: Tú me ayudaste a salir.

Irene se aclaró la garganta y dijo:

—De acuerdo. ¿Cuándo?

—¿A las seis de la mañana te va bien? El domingo.

—Muy bien.

Al llegar al terraplén bajo el camino de grava él dobló a la derecha.

—Mi coche está aparcado por allí —dijo ella.

—De acuerdo. Entonces, hasta la vista.

—¡Ey!

Él siguió arrastrando los pies.

—¡Ey, Hugh!

Dio media vuelta.

—¿Quieres que te lleve? Dijiste que vas tarde. ¿Por dónde vives?

—Los Kensington Heights.

—Está bien.

Mientras caminaban hacia la fábrica de pintura ella dijo:

—Ha de ser una buena caminata desde allí. ¿No tienes coche?

—El alquiler del apartamento cuesta demasiado —dijo con repentina y lúcida violencia.

—Mi padrastro te vendería un coche por cincuenta dólares.

—¿Sí?

—Funcionaría toda una semana.

No entendió el chiste, estaba demasiado cansado. En el coche se acurrucó en el asiento junto a ella. Era más grande que cualquiera de los que habían viajado en ese coche, lo ocupaba todo. Hugh olía a sudor seco, a sudor rancio de miedo. El pelo de las manos blancas y grandes era de un dorado oscuro. Los muslos eran gruesos. Mientras conducía ella no abrió la boca excepto para preguntarle la dirección. Lo dejó frente a la casa que él había indicado, y se alejó luego, aliviada por haberse librado de aquella abultada y voluminosa presencia. Aunque pasaron frente a la granja, ella no le dijo dónde vivía. ¿Era allí? Por el momento no vivía en ningún otro sitio. Se había enterado de que Rick y Patsi habían vuelto a hacer las paces, pero que se fueran a la mierda. A su madre no le importaría tenerla de vuelta en casa por un tiempo, y estaría bien, mientras se mantuviese alejada de Víctor para no meterse en problemas. Iba a dormir con Treese, y tal vez eso lo desanimaría. O tal vez no. De todos modos, no tenía adónde ir hasta que encontrase un lugar para ella. Quizá en el centro. ¿La necesitaba su madre cerca, o era ella quien se aferraba a su madre? Debía intentarlo. Si solo consiguiese a alguien que quiera compartir un piso en el centro...

Al llegar a un semáforo se estiró hacia atrás para alcanzar el reloj despertador que estaba encima de la caja de cartón en el asiento trasero. Eran las dos y quince. Podía ir a la casa y ordenar sus cosas, lavarse y comer algo, y luego empezar a buscar apartamento. Quizá encontrase alguno que pudiera pagar ella sola. Los diarios del domingo eran buenos para buscar alquileres. Tal vez ese mismo día encontrase un lugar donde vivir, y no tendría que dormir en la granja, si tenía suerte.

5

Fue como si él hubiese sido ciego y ella hubiera llegado a él, y sus ojos se hubiesen abierto para verla. Al verla, veía el mundo, por primera vez; no hay otro modo de ver. Ahora, cada acto y objeto tenían su significado porque, cuando ella lo tocó, le enseñó el lenguaje de la vida. Nada había cambiado, pero ya todo tenía sentido. Manzanas tres por veintinueve y el pudin enlatado en oferta ochenta y nueve el primer paquete de seis latas, de acuerdo, pero eso eran los números y las palabras, y él entendía las ecuaciones y la gramática: la belleza del mundo. Los rostros que nunca había visto porque temía mirar la belleza del mundo. La gente hacía la cola en su caja, inquieta y dócil, obediente al hambre, su propia hambre, la de sus hijos. Las criaturas mortales tienen que comer, y por eso estaban allí, en las colas, empujando los carritos de metal. Por eso llegarían a morir. Eran muy frágiles y rencorosas, y cuando estaban agotadas se sentían llenas de odio y el dinero no era suficiente para lo que querían y hasta para lo que necesitaban; él sentía la cólera de la gente, pero ya no se ponía de mal humor ni se asustaba por eso, pues ahora todas las cosas contenían la idea de ella y por ella eran transfiguradas. La cara de un niño pequeño en brazos de una madre cansada a lo largo de la cola, la dignidad y paciencia de esa carita y la gracia pesada e inconsciente del brazo de la madre le dieron ganas de llorar, como si se hubiera cortado o quemado. Había estado dormido. Las cosas lastiman. Pero la anestesia había pasado, estaba vivo, y sentía dolor. Pero, dentro del dolor, la razón del dolor era la alegría. Bajo cada palabra que escuchaba o decía, en cada cosa que veía y hacía, estaba el nombre de ella, y en torno a este nombre, como un halo, una coraza de luz, la dicha inamovible.

Miraba a toda mujer rubia que pasaba por la tienda. Ninguna tenía el cabello como ella, suave y claro, y levemente ondulado, como un manto de nieve; pero las miraba con ternura y placer porque al menos en eso se le parecían, en ser rubias. Pero ninguna de aquellas mujeres era como ella. Ninguna podía hablar el idioma que ella hablaba. Tenía una voz clara y melodiosa. El último de los tres días que pasó en el pueblo de la montaña, ella llevaba un vestido verde que se le amoldaba al cuerpo ligero y delicado. La piel de las muñecas y el cuello era suave y muy blanca. En ella todas las mujeres eran hermosas, pero no había ninguna como ella. No podía haberla, pues era la única, allí, en la otra tierra, donde el alma se transformaba en ella misma.

En los libros, los hombres decían que morirían por tal o cual mujer. Él siempre pensó que eso tal vez fuera poético, pero que no tenía sentido. Ahora entendía qué significaba exactamente lo que decían. Sintió en sí mismo la añoranza, el anhelo de dar tanto que no quedara nada, de darlo todo, todo. Protegerla y cuidarla, servirla, morir por ella..., de tan dulce, aquel pensamiento le resultaba insoportable y, cuando acudió a él una vez más, sintió que el filo de un cuchillo le cortaba el aliento.

—No habrás entrado en la secta de ese Suami Maha-Jiji o como se llame, ¿eh, Buck?

Él se echó a reír.

—Tienes la misma mirada de bizco que esos hare krishna —dijo Donna.

Estuvo acosándolo con tanta simpatía que él no pudo resistirse. Le contó todo cuanto pudo acerca del milagro.

—Conocí a una chica —dijo.

—¡Lo sabía! —Donna exclamó con delicia y satisfacción.

Naturalmente, ella quiso saber más, y él lamentó haberle dicho tanto. Estaba mal. No podía mencionar la tierra del ocaso. No había modo de decirlo. «Conocí a una chica» no era la verdad. La verdad era que él había visto una princesa, que la amaba, que daría su vida por ella. ¿Cómo podría entenderlo Donna?

Ella tenía buen corazón. Pareció advertir que él se sentía desdichado por algo que ella había dicho, y dejó de acosarlo con preguntas. Pero, cuando lo miró, hubo un destello en los ojos de ella, un alegre brillo de complicidad. Él no lo quiso ver. Donna era buena, Donna era muy buena persona, pero ¿cómo podía alguien así entender lo que le había sucedido...? La rareza, el misterio, el trágico temor; la hermosa y amenazada mujer que él amaba en silencio, el silencio de la plegaria, el silencio de la inmutable luz crepuscular de los bosques del lugar anhelado.

Durante toda la semana el mundo del día y de la noche le pareció extraño. Suponía que la impaciencia por regresar al pueblo de la montaña haría difícil la espera, pero no fue así. En verdad, saboreó y atesoró aquellos días cuando, en el trabajo, en la calle, o en su casa, podía deleitarse pensando en la princesa en lugar de quedarse torpemente quieto y mudo ante ella, incapaz de hablarle ni de adivinar lo que ella decía.

No volvió al arroyo en toda la semana. Temía arriesgarse a encontrar el camino cerrado. No se tenía confianza. ¿Por qué había sido tan estúpido como para cruzar el umbral si no estaba allí, y seguir y seguir cuando sabía que el camino no llevaba a ningún sitio? Si al ver que el portal estaba cerrado hubiese regresado directamente a Pueblo de la Montaña para pedirle a la chica que lo ayudase, se habría ahorrado aquella pesadilla, aquel caminar interminable —diciéndose que si seguía en línea recta «saldría sin problemas»— y el pánico que se apoderó de él cuando pensó que había perdido el sendero, y el hambre, y el terror. Todo aquello había sido estúpido e innecesario, y no solo lo había dejado tan cansado que las jornadas de trabajo se le hicieron terriblemente largas y duras, sino que ahora también desconfiaba de sí mismo, y del lugar.

«Aquí es donde no tengo miedo», le había dicho a la chica —en casa de Allia, junto a los amplios ventanales de la galería por los que penetraba la luz del crepúsculo—, pero eso ya no era verdad. Sabía que sería arriesgado regresar, y también era consciente de que sabía muy poco de ese riesgo. Allí había peligro; y no podía contar consigo mismo para actuar racionalmente. Las posibilidades de no regresar o de regresar parecían las mismas. Entendió que eso era parte del equilibrio entre los dos lugares, y lo aceptó. Necesitaba esa posibilidad. Pero del mismo modo, mientras permaneciera allí, en el mundo común, con las habituales y decepcionantes opciones y nada más vasto que esa vida monótona a la que enfrentarse, disfrutaría de la luz del día.

Pensó en su madre y sintió remordimiento, la afligida paciencia de la deslealtad potencial, solo violentada por aquellos continuos enfados. Ella no le perdonaba nada. Que el domingo hubiera regresado dos horas más tarde de lo que había dicho bastó para que ella se lo reprochara con amargas acusaciones de irresponsabilidades. Él entendió, pero no entendió por qué su inocultable agotamiento —débilmente explicado con un «me perdí en un atajo»— acrecentó el antagonismo y el desprecio de su madre.

—¿Te perdiste en el bosque? ¿Para qué fuiste al bosque? Si no sabes cuidarte no es más que una estupidez. La gente como tú tendría que hacer sus ejercicios en un gimnasio. No estás en forma para andar por ahí de *boy scout*. ¿Qué pretendes demostrar? —Y así siempre: hablando desde una irritación incontrolable, lo que le hizo pensar que la cólera de ella no provenía de que él hubiera vuelto en semejante estado, sino de que simplemente hubiera vuelto. Pero eso no tenía sentido.

Desde hacía un tiempo, las sesiones con Durbina se prolongaban hasta la medianoche, tres o cuatro veces a la semana. Otras personas con intereses espiritistas se habían unido a ellas. La señora Rogers demostró tener un talento especial como médium: podía realizar escritura automática sin entrar en trance. Gracias a esa facultad, sostenían una animada conversación, o correspondencia, con una de las encarnaciones de Durbina, una sacerdotisa de Isis. La mesa de la merienda de la sala de los Rogers estaba cargada de libros sobre el antiguo Egipto, algunos prestados por Durbina y otros, a pesar de su precio, comprados en una librería. Cuando la sacerdotisa de Isis contradecía una afirmación de uno de los libros o corregía algún jeroglífico erróneamente traducido, la señora Rogers sentía que había triunfado. A veces, de vuelta en casa, ella hablaba con gran entusiasmo de lo que había ocurrido durante la sesión; pero en cuanto Hugh trataba de responder ella enseguida se desanimaba.

—Por supuesto, a ti estas cosas no te interesan —decía, sin importar lo que él hubiera comentado o preguntado.

Él vio que ella era feliz entre esa gente que admiraba y valoraba el talento espiritista. Pero no podía traer esa tranquilidad ni esa felicidad a casa. La desconfianza y el descontento que ella mostraba todos los días parecían crecer junto con estos nuevos intereses. Hugh era incapaz de hacer nada que la complaciera. Si él lavaba la ropa ella se quejaba airadamente de encontrar medias sin pareja, cuellos de camisa sucios, manchas de hierba, y camisetas del revés; y lo volvía a lavar todo de nuevo. Si traía algo del supermercado porque era barato, o bueno, ella lo llamaba «las sobras del día», y lo dejaba enmohecer en la nevera hasta que él lo tiraba a la basura. Cuando estaban juntos en el apartamento, ella le hacía sentir que él siempre se le cruzaba en el camino. Sin embargo, no dejó de exigirle que estuviera en casa cuando ella llegara. Si ella se quedaba fuera hasta tarde —lo que ocurría la mitad de las noches—, censuraba su presencia, aunque repetía una y otra vez: «¿Cómo nos las arreglaremos si te vas?». Pero a pesar de todo él se iba. Contra ese hecho, las innegociables exigencias de su madre eran por lo menos insignificantes. Ella era ruda, impaciente y le hacía daño, pero no un daño profundo; él ya no quería nada de ella. El filo de ningún cuchillo podría alcanzarlo mientras caminara pensando en Allia.

Hace calor, se dijo, todo el mundo se irrita con un clima tan caluroso.

Se movió en silencio a través de los largos días de aquella semana. Por la noche no dormía bien, tenía muchos sueños y se despertaba continuamente, y más de una vez se levantó y se acercó a la ventana a contemplar las estrellas o el lucero matutino.

El viernes, Donna, que tenía los sábados libres, le preguntó qué iba a hacer en el fin de semana y él contestó, como lo había previsto:

—Me han invitado a salir de excursión.

Ella le echó esa mirada de soslayo que implicaba que por amar a una mujer se hacía merecedor de la aprobación (si es que lo aprobaba) de toda la femineidad representada por Donna. Pero luego lo miró a los ojos y la cara le cambió. Le puso una mano en su brazo y dijo;

—No dejes que te pase nada, Buck.

—¿Qué puede pasarme yendo de excursión?

—¡No lo sé! —dijo ella, como si se sorprendiera a sí misma, y se echó a reír.

La miraba y las palabras de aquella mujer y el contacto de la mano regordeta y enérgica, con uñas pintadas de rojo, fueron para él como un talismán: la garantía de que había una persona que se preocupaba por él, aun inútilmente, solo porque intuía que algo no iba bien.

Si el don de su madre como espiritista le permitió ver lo mismo que Donna, lo utilizó contra él, como evidencia de deslealtad, y no se lo perdonó.

El viernes por la noche Hugh le dijo que había planeado pasar la noche del domingo fuera. Eso era lo que había temido durante toda la semana. Balbuceó la explicación que había preparado acerca de una excursión con unos amigos al parque nacional, que estaba al norte de la ciudad; saldría en el primer autobús del domingo, y regresaría el lunes por la tarde. Ella no dijo nada. Mantuvo los ojos fijos en el televisor durante todo el tiempo que él estuvo hablando, para que no pudiera saber si ella lo escuchaba. Aun cuando el peso de la culpa casi le impedía respirar, Hugh concluyó su declaración, y enseguida se quedó callado, sin preguntar, sin permitirse pedirle la aprobación que anhelaba, que siempre había anhelado, y que jamás había tenido, y que nunca tendría. Pero tampoco se permitió mostrarse enfadado.

Poco más tarde, cuando terminó el programa y se levantó para apagar el televisor, preguntó a su madre, con toda la amabilidad que pudo, cómo le había ido en la última sesión. Ella no respondió. Tomó un libro sobre Akenatón y se sentó, sin mirarlo ni hablarle. Él trató de convencerse de que ese silencio era mejor que cualquiera de sus arranques, pero, sentado a su lado, intentando leer el *Time*, advirtió que estaba temblando, como si tuviera frío. Se levantó y se fue a su habitación. Ella no respondió a su «buenas noches».

Comúnmente, ella se quedaba en la cama las mañanas de los sábados, pero aquel día se había marchado en su coche antes de que Hugh se levantara. Él se marchó a trabajar, como de costumbre. Fue un día pesado, víspera de un asueto de dos días. Cuando regresó, su madre no estaba. Cenó solo. Ella llegó a las diez y media; estaba ojerosa y parecía más delgada en el vestido de algodón estampado. Sin responder al saludo de Hugh, fue por el pasillo hacia su cuarto.

—Madre —dijo, y en su voz hubo algo de autoridad pasional porque ella se detuvo, aunque no se volvió a mirarlo. El silencio se levantó entre ambos como algo sólido.

—No sirve de nada que me llames así —dijo ella en un tono claro y seco; entró en el cuarto y cerró la puerta.

¿A quién puedo llamar así?, pensó él. Sintió como si le hubiesen arrancado una parte del cuerpo; apretó los brazos contra las costillas, protegiéndose. No hay nadie a quien pueda llamar padre, pensó, y ahora tampoco hay nadie a quien pueda llamar madre. Vaya un chiste, nací sin padres. No vale la pena; ella tiene razón. Y todo lo demás, la tierra del ocaso, Allia, tampoco eso es real. Cosas de niño. Pero no soy un niño. Los niños tienen un padre y una madre, y yo no. No tengo nada y no soy nada. Se quedó allí en el pasillo, sabiendo que era cierto. Fue en ese momento cuando recordó, no mental, sino físicamente, el contacto de Donna en el brazo, el color del esmalte de uñas, el sonido de su voz. No dejes que te pase nada, Buck. Se alejó entonces de la puerta de su madre, regresó a la cocina y luego fue a su habitación a preparar lo que necesitaría al día siguiente: la ropa que se pondría, y el paquete con pan, salami y frutas para el largo camino a la montaña.

Despertó a las tres, y de nuevo a las cuatro. Se habría levantado y marchado, pero de nada servía salir temprano, pues le había dicho a la chica que lo esperara en el portal a las seis. Se dio la vuelta y trató de dormir. La penumbra del alba en la habitación, una débil claridad sin sombras, era como la luz de la otra tierra. El reloj despertador sonaba junto a la cabecera de la cama. Miró hacia el círculo blanco: las dos agujas señalaban hacia abajo. No había relojes allí. No había horas. No era el fluir del tiempo lo que movía las agujas, sino el mecanismo del reloj. Mirándolas, los hombres decían: el tiempo pasa, pasa, pero los engañaban los relojes que ellos mismos hacían. Somos nosotros quienes pasamos por el tiempo, pensó. Caminamos. Seguimos el curso de los ríos; a veces cruzamos la corriente... Se había quedado así, medio dormido, hasta las cinco. Cuando la alarma se detuvo, abandonó la cama, sintiendo el frío del suelo en la planta de los pies. A los dos minutos estaba vestido y en la calle.

Llegó al portal antes de las seis. La chica estaba allí, esperando.

Todavía no estaba seguro de cómo se llamaba ella exactamente. Cuando la gente del país del crepúsculo pronunciaba el nombre, sonaba parecido a Rayna o Dana; ella lo corrigió cuando él dijo Rayna, pero no entendió por qué.

Casi siempre que pensaba en ella la llamaba «la chica», y había en la palabra un color de oscuridad y rabia y el sonido del arroyo. Allí estaba ella, de pie, bajo la luz cálida, polvorienta y azulada que se filtraba a través del follaje tenue de los árboles, cerca del arbusto de zarzamoras. Levantó la mirada al oírlo llegar. Estaba pálida, y no sonrió cuando él se acercó, pero le extendió la mano ofreciéndole unas moras.

—Están madurando —dijo, y puso las frutas en la mano de Hugh. Eran pequeñas y el calor de agosto las había endulzado.

—¿Lo intentaste? —preguntó él.

Ella recogió algunas moras más, lo alcanzó y se las ofreció.

—Estaba cerrado. —Se adelantó un poco por el sendero entre los arbustos.

—Ahora está allí. Adentro otra vez, Finnegan, ese soy yo —dijo Hugh, siguiéndola—. Por aquí va. —Pero se detuvo ante el umbral entre las tierras y se volvió, lo que nunca había hecho, a mirar hacia la luz del día: el color desteñido del sol entre las hojas polvorientas, el vuelo de un pájaro pequeño y pardo. Luego se giró y siguió a la chica hacia el interior del crepúsculo.

Se arrodilló junto al arroyo a beber el primer sorbo ceremonial, y notó que la chica había hecho lo mismo. Estaba de rodillas sobre la cornisa de piedra viendo correr el agua. La postura de ella no era la de alguien que estuviese orando, pero Hugh supo, por el equilibrio y aplomo del cuerpo de la muchacha, que para ella, como para él, aquella agua era sagrada.

La chica miró alrededor y se puso de pie. Cruzaron el

arroyo y entraron juntos en la tierra del ocaso. Ella iba delante, sin decir palabra. El bosque entero quedó en silencio una vez que perdieron la voz del agua. Ningún viento agitaba las hojas.

A pesar de la noche de insomnio, Hugh caminaba contento, con la mente en blanco, siguiendo el paso firme que la chica le marcaba. Cualquier pensamiento y emoción estaban postergados. Él caminaba. Pensó que podría seguir así eternamente, avanzando con facilidad bajo los árboles inmóviles, con la fresca brisa del bosque en la cara. Se abandonó a la imagen sin temor. Cuando se extravió, continuando de largo más allá del umbral, lo aterrorizó la idea de seguir y seguir bajo los árboles en la luz del crepúsculo sin que hubiese nunca cambio ni término; pero, en ese momento, caminando en la dirección correcta se sentía completamente en paz. Y al final de aquel viaje interminable, Allia, como una estrella, lo estaría esperando.

La chica —figura baja y sólida, tejanos y camisa a cuadros azules, rostro redondo y severo— se había detenido y estaba esperándolo en el sendero.

—Tengo hambre, ¿quieres parar y comer?

—¿Ya es hora? —preguntó él con vaguedad.

—Estamos cerca de Río Tercero.

—De acuerdo.

—¿Has traído algo?

Hugh no lograba aclararse la mente. Solo cuando ella hubo escogido un lugar para sentarse, al borde de un arroyuelo que corría junto al sendero, reaccionó a su pregunta y le ofreció compartir el pan y la carne. Ella llevaba croquetas, queso, huevos cocidos y una bolsa de tomates pequeños, algo aplastados durante el viaje, pero de un rojo inocente y brillante que, en aquel lugar sombrío y sin ninguna flor, parecían aún más tentadores. Hugh puso sus provisiones junto a las de la chica; cuando él tomó un tomate, ella tomó una loncha de salami; después de eso, lo compartieron todo. Él comió mucho más que ella, pues estaba hambriento, pero terminaron más o menos a la vez.

—¿Tiene nombre el pueblo de la montaña? —preguntó él, sintiéndose por fin despierto y disponiéndose a comer el último trozo de pan con salami.

Ella dijo un par de palabras, o tal vez fuera una sola, en el idioma de esa tierra.

—Significa Pueblo de la Montaña. Yo lo llamo así.

—Creo que yo también. ¿Cómo fue que...? Una vez lo llamaste de alguna manera. A todo el lugar quiero decir. —Con la mano que sostenía el bocadillo hizo un gesto que incluía los árboles, la luz del crepúsculo, y todos los ríos adelante y detrás.

—Lo llamo el país anhelado. —Los ojos de ella, desconfiados y desafiantes, destellaron mirándolo.

—¿Ese es el nombre en el idioma de ellos?

—No —dijo ella enseguida, aunque con desgana—. Es de una canción.

—¿Qué canción?

—Una vez, un cantante de música nativa fue a mi colegio y la cantó; se me quedó metida en la cabeza. Ni siquiera pude entender la mitad, está en escocés o algo así. Ni siquiera sé qué significa «ain», a mí me pareció que significaba «propio», mi propio país. —En su voz había un deje de rabiosa vergüenza.

—Cántala —le pidió Hugh.

—No sé ni la mitad de la letra —dijo, y luego, apartando la mirada y con la cabeza gacha, cantó:

Cuando la flor empiece a abrirse
y la hoja esté en el árbol,
la alondra me acompañará cantando
de vuelta a mi país.

Tenía una voz de niña, como de pájaro, súbita, clara y dulce. La voz y la nostálgica melodía hicieron que a Hugh se le erizara el pelo de la nuca; se le nublaron los ojos, y un temblor que no supo si era de pánico o deleite le sacudió el cuerpo. La chica alzó la cabeza y lo observó con ojos oscurecidos. Vio que él había extendido la mano hacia ella para detener el canto y, sin embargo, no quería que dejara de cantar, nunca había oído una melodía tan dulce.

—No ha estado..., no está bien cantar aquí —susurró ella. Miró alrededor, y de nuevo a él—. No lo había hecho nunca. Nunca pensé... Solía bailar. Pero nunca he cantado... Yo sabía...

—Está bien —dijo Hugh sin querer decir nada—. No tiene importancia.

Ambos estaban inmóviles, escuchando el leve murmullo del arroyo y el inmenso silencio del bosque, como si estuvieran esperando una respuesta.

—Lo siento. Fue una tontería —dijo ella al final.

—No hay problema. Tal vez debiéramos continuar. —Ella asintió.

Mientras guardaban la comida que había sobrado, Hugh separó un tomate para el viaje. La muchacha tomó la delantera, ya que era quien mejor conocía el camino. Regresaron al sendero axial, el que ella llamaba camino sur. Alrededor de ellos todo era calma, y la profunda y clara luz del ocaso no cambiaba nunca.

Después de haber cruzado el último de los tres arroyos, comenzaron a ascender la primera estribación. Él notó que la distancia que lo separaba de la chica era cada vez más corta. Ella caminaba más lentamente, o con pasos ahora inseguros.

Ella se detuvo en lo alto de un risco, bajo la oscura mole de la montaña. Hugh se le acercó y dijo:

—Me gustaría descansar un poco. —Habían hecho un gran esfuerzo y pensó que ella, aunque no lo admitiera, también estaría agotada.

La muchacha volvió hacia él un rostro sumido, una cabeza de muerte.

—¿No lo sientes?

Él apenas alcanzó a oírla.

—¿Sentir qué? —preguntó. El corazón le dio un vuelco, y latió con fuerza, incomodándolo.

Ella sacudió la cabeza. Hizo un gesto leve y apresurado señalando la oscura pared de la montaña.

—¿Tenemos algo delante...? —insistió Hugh.

—Sí —respondió ella.

—¿Bloqueándonos el camino?

—No lo sé. —Al hablar le castañeteaban los dientes. Estaba encogida y encorvada como una anciana.

Hugh dijo en voz alta:

—Escucha, quiero llegar al pueblo. —No estaba enfadado con la chica, sino con el miedo de ella—. Déjame ir delante.

—No podemos seguir.

—Yo tengo que seguir.

Ella sacudió la cabeza, desesperada.

Decidido a resistir aquel pánico irracional, Hugh apoyó levemente una mano en el brazo de la muchacha y comenzó a decir:

—Podemos conseguirlo...

Pero ella esquivó la mano de él como si fuera un hierro al rojo, y con expresión oscura y acongojada le gritó:

—¡No me toques, nunca!

—De acuerdo —dijo él con una sombra de menosprecio en la voz—. No lo haré. Cálmate. Tenemos que seguir. Nos están esperando. Yo dije que vendría. ¡Vamos!

Él salió delante. Por orgullo no se volvió para ver si ella lo seguía; pero se mantuvo atento, mientras bajaba, al ligero sonido de los pasos de la muchacha. Cuando el sendero subió de nuevo, miró hacia atrás. Sabía lo que era estar asustado allí. Ella lo seguía de cerca, y no vaciló ni se detuvo. Tenía el rostro cerrado como un puño bajo la negra maraña de pelo. El viento en las ramas de los árboles susurraba como el mar que se extendía a lo lejos, lejos, lejos hacia el oeste, a la izquierda, hacia lo oscuro. Caminaron por el largo sendero entre la noche y el día. Parecía no terminar nunca, y si no hubiese sido porque ella venía detrás, él se habría detenido. La cuesta de la montaña no tenía fin, y se estaba cansando. Nunca en la vida se había sentido tan cansado, una debilidad de todo el cuerpo, una languidez que habría sido placentera si hubiera podido detenerse, tumbarse y descansar. Era duro seguir, sería tan fácil ir cuesta abajo...

—¡Hugh!

Se volvió, y miró alrededor, desconcertado; la había visto hacía poco. No estaba detrás de él, sino encima de él, en la cuesta, de pie bajo la sombra de unos abetos. Era un sitio oscuro; ramas entrelazadas y pendientes rocosas ocultaban el cielo.

—Por aquí —susurró.

Se dio cuenta de que ella estaba en el sendero. Él se había desviado accidentalmente por un camino que se abría entre los árboles, cuesta abajo.

Regresó trabajosamente junto a la chica.

—Me estoy cansando —dijo con voz temblorosa.

—Lo sé —susurró ella. Tenía aspecto de haber estado llorando, con el rostro hinchado y enrojecido—. Mantente en el sendero.

—De acuerdo. Vamos.

Al final de la cuesta, bajo los abetos, el camino se hizo más llano, pero no más cómodo, pues el cansancio siguió creciendo, el agobio, la necesidad de tenderse a descansar. Ella estaba junto a él, había espacio para andar juntos. El camino, ¿en qué momento se había ensanchado? Ahora era ella quien forzaba su marcha. Él trató de no quedarse atrás. No era justo. Él no le había dicho que tenían prisa cuando ella no tuvo fuerzas para seguir.

—Allí...

El resplandor en el vasto y frío ocaso: luz de fuego, luz de lámparas. Temor y fatiga no eran más que sombras proyectadas por ese resplandor amarillo, sombras que caían detrás de ellos, sobre el sendero.

Entraron en el pueblo deteniéndose ante las primeras casas.

La chica se mantuvo junto a él, con la cabeza echada hacia atrás y una expresión de fatiga en el rostro. Desafiante, dijo:

—Voy a la posada.

Él trató de aclararse la cabeza. Ahora que por fin estaba allí, el centro de todos sus deseos, se sentía pesado, incómodo, fuera de lugar. No tenía el valor de presentarse en aquella gran casa, y no sabía adónde más podía ir.

—Creo que haré lo mismo.

—A ti te esperan en la mansión.

—¿La qué?

—La mansión. La casa del señor Horn. Donde estuviste la última vez —dijo en tono de mofa.

¿Por qué se volvía contra él después del arduo camino que habían hecho juntos? No era digna de confianza, no podía contar con ella. Disfrutaba viendo cómo él se ponía en ridículo. Bueno, no era difícil darle ese gusto.

—Hasta la vista —dijo la muchacha, y tomó la primera calle lateral que llevaba cuesta arriba—. Una calle más abajo. La de los escalones —agregó encaminándose a la posada, que, con su tejado puntiagudo y sus ventanas en arco, más parecía un galeón.

Él siguió, dejó atrás la posada, y dobló a la izquierda por la calle de muchos escalones. El olor a humo de leña en el aire era como el aliento del otoño; una voz gritó a lo lejos; abajo, el pueblo se dispersaba entre pálidos pastizales. Al final de la calle oyó que del patio de la última casa salía un ruido extraño; eran graznidos de ganso, advirtió Hugh, al ver a las grandes aves blancas que lo miraban. En aquel pueblo había aves y bestias, había voces, y, sin embargo, ninguna de ellas era capaz de cantar. Los gansos graznaban. A pesar de haber llegado a donde deseaba llegar, sentía cansancio y frío, un frío que no era producto del viento ni del clima, sino que le venía de dentro, de la médula y del oscuro pozo de las entrañas, un frío hueco y abrumador.

Traspuso el portal de hierro, y atravesando los jardines llegó a la casa alta, de tejados oscuros contra el cielo crepuscular y con dos ventanas que proyectaban una luz suave sobre las aceras. Levantó la aldaba de forma de cabeza de carnero y llamó.

El viejo sirviente abrió la puerta, y Hugh oyó cómo lo saludaban en aquel idioma extranjero, todo en una palabra, con energía y hospitalidad. El anciano lo condujo deprisa a través de pasillos a oscuras y, abriendo una puerta que daba a una sala de paredes rojas alumbrada por el fuego de una chimenea, lo anunció jubilosamente con el mismo y espléndido nombre que ya casi le era familiar:

—¡Hiuradjas!

Allia estaba en la sala resplandeciente. Se levantó, dejando caer lo que estaba haciendo, y se acercó con las manos extendidas. La leve cabellera se alzaba en el aire cada vez que alzaba o doblaba el cuerpo. No hay modo de esperar la belleza, ni de merecerla. Le tomó las manos. Podría haberse arrojado a los pies de ella. Él no entendía el idioma, pero aquella voz exclamó:

—¡Eres bienvenido, bienvenido, bienvenido! ¡Por fin has vuelto!

Él dijo:

—Allia. —Y ella sonrió de nuevo.

Ella le preguntó algo. La mirada de sus ojos azules y el tono de su voz eran de una preocupación tan gentil que él dijo:

—Fue difícil venir; fue aterrador... Me cansé.

Pero comprendió, por el ademán de ella, que estaba invitándolo a que se sentara. Luego se levantó de nuevo porque había entrado el señor Horn, saludándolo con cordialidad y con algo más que Hugh no reconoció al principio: respeto. Aquel hombre anciano al que llamaban «señor» acostumbrado a que se venerara su autoridad personal, mostraba no deferencia, no simple cortesía, sino el respeto de los iguales: como si fuesen de la misma familia. Como si Horn le hablara a una cualidad suya de la que Hugh aún no era consciente, pero que el anciano reconocía y saludaba.

Aunque tímida y ceremoniosa, la actitud de Allia era mucho menos sobria que la de su padre. Las conversaciones que tuvieron desde ese momento fueron como clases de idioma. Ella parecía feliz haciendo gestos, moviendo las manos, y se reía de los errores de él, y de sus propios malentendidos. Hugh advirtió en ella una disposición que, si no quiso llamar respeto, tampoco se atrevió a definirla como amor; a lo sumo, podía admitir que él le agradaba, que lo admiraba... pero ¿por qué? ¿Qué había hecho él? Nada. ¿Cómo podía valorarlo por lo que era si no era nada? No obstante, en la voz de ella, en la calidez de sus ojos, y hasta en la forma en que se reía de sus disparates, descubrió el temple grave de la admiración. Una admiración como la que ella le inspiraba, con la diferencia de que ella la merecía. Todo lo que Allia era y hacía le parecía fascinante y hermoso. Si él era admirado, se trataba de mera cortesía. Nada lo justificaba. Pero para merecerla, para ser el hombre por quien ella lo tomaba, él habría hecho cualquier cosa.

Cenaron en una larga sala alumbrada por velas. Estaba tan cansado que la cena pasó en una nube de luz y calidez. Cuando estuvo solo en su habitación se sintió borracho de fatiga. El dormitorio, donde durmió las tres primeras noches, lo sorprendió por su profunda familiaridad: las paredes pintadas de azul pálido y de oro tenue, la armadura de la cama de roble, los morillos con capucha de bronce... Era tan agradable reconocerlos, como si los hubiera visto toda la vida. Aunque en nada se parecían, la habitación le recordó otra que guardaba en su memoria desde hacía muchos años, el ático de la casa de su abuela paterna, la primera casa en la que había vivido. La cama estaba junto a la ventana que daba a los valles y las colinas azules de Georgia. Eso era otro país y había transcurrido mucho tiempo. Allí las altas ventanas tenían cortinas. Un fuego ardía en el pequeño hogar. La cama era dura y alta, las sábanas frías, pesadas, sedosas. El resplandor del fuego le atravesaba los párpados, no había sueños. Solo ganas de dormir, una vasta y errante oscuridad. Cuando se abandonó a ella, los pensamientos, las imágenes de luz y los impulsos de la voluntad se le desvanecieron; solo, durante un momento, escuchó sobre la oscuridad una voz fina como la de un pájaro:

Cuando la flor...

Se volvió y hundió la cabeza entre los brazos, alejando la canción, llevándola a lo más profundo, hacia la fuente. No tenía lugar allí, donde ninguna flor florecía, ninguna hoja caía, y ninguna voz cantaba. Pero allí estaba Allia, tendiéndole las manos mientras él entraba con gusto en la oscuridad.

6

¿Por qué regresé? La insistencia de esa pregunta la irritaba, como el llanto de un niño. Volvió a ella con exasperación: ¡Porque tuve que hacerlo! Y ahora tenía que hacer lo que tenía que hacer. Fue a la casa en lo alto de la calle escalonada; Fimol la hizo entrar, y ella esperó en la hermosa habitación entre las chimeneas, tan tensa y aprensiva que todo cuanto vio y oyó fue para ella extrañamente vivido y desarticulado, una insensatez primitiva y brillante.

El Amo entró en la sala. No como lo vio la última vez, sollozando y ciego de terror. Nada de eso. Erguido, alerta, sosegado, y severo: el Amo.

—Bienvenida, Irena —dijo y ella, como siempre, muda, incapaz de resistir su poder, y recibiéndolo con alivio. Así es él en verdad, puedo olvidar aquella otra cara. ¡Él es mi Amo!

Pero al otro lado de aquella torpe y apasionada sumisión, un alma fría los contemplaba como a través de un cristal. Aquella alma no trabajaba para nadie, juzgaba. Observaba. Observó cómo ella elegía la silla rígida y tallada para sentarse, y se preguntó por qué la había escogido. Observó cómo él caminaba hacia el otro extremo de la habitación, y vio que se alegraba de darle la espalda a ella.

Las chimeneas estaban apagadas. El aire en la larga habitación era apacible, como aire dentro de una caracola.

—Pronto tendremos que deshacernos de las ovejas —dijo el Amo—. Ya no queda forraje en los prados bajos del este. —Los prados bajos eran los pastizales cercanos al pueblo. Por lo general, solo se usaban durante la temporada de crianza—. Pero como tampoco han venido los vendedores de sal, no podremos conservar la carne. Será un gran festín; el festín del miedo...

Los habitantes de Tembreabrezi no criaban ovejas por la carne, sino por la lana. La riqueza del pueblo era la lana fina que teñían, cardaban, tejían y cambiaban por lo que necesitaran de los llanos.

—La capa del Rey está tejida con nuestra lana —les había oído decir Irene.

—¿No hay nada que podáis hacer? —preguntó, aterrada ante la idea de que llegaran a matar lo que era para ellos motivo de orgullo y medio de vida, aquellos rebaños de bestias hermosas, plácidas y serenas. Había estado muchas veces en la montaña con los pastores, había tenido en los brazos corderos recién nacidos.

—No —dijo con voz seca, de espaldas a ella, junto a los ventanales que daban al jardín.

Ella se mordió los labios porque la pregunta había golpeado al Amo en el centro mismo de su vergüenza. Vio entonces que él no era capaz de hacer nada.

—Hay cosas que podríamos haber hecho. Los animales lo supieron antes. No hicimos caso. Las cabras salvajes empezaron a acercarse, las ovejas no subían al Paso Alto; todo eso vimos. Sabíamos, pero no hicimos nada. No fui yo el único en decir que teníamos que hacer esas cosas. Hubo hombres que lo dijeron antes que yo. Que debía regatear el precio. Pero las viejas gritaron: «Oh, no, eso no se debe hacer, es asqueroso e innecesario». Todas las viejas, el Señor de la Montaña entre ellas...

Volvió el rostro hacia Irene. La luz quedaba detrás de él, por lo que ella no podía verle la cara. Él continuó con una voz precipitada y seca.

—Así que seguimos el parecer de los cobardes. Y ahora somos todos unos cobardes, y estamos indefensos. En lugar de un cordero, todos nuestros rebaños. No un hijo nuestro, sino este muchacho, este estúpido muchacho que no sabe hablar nuestro idioma. ¡Él nos va a liberar! El señor Horn fue un hombre sabio, antaño, pero eso ocurrió hace mucho tiempo. Si yo hubiera ido a la Ciudad cuando lo soñé... Pero esperé, como deferencia hacia él.

La última frase no tuvo significado para ella. Poco de lo que él dijera tenía algún sentido, pero el tono vengativo con que él había hablado quebró la timidez habitual en ella. Preguntó sin vacilación:

—¿Qué quieres decir? ¿Cómo va a liberaros el extranjero? —Y como él no replicaba, insistió—: ¿Qué va a hacer él?

—Subir a la montaña.

—¿Y hacer qué?

—Lo que vino a hacer. Es lo que dice el señor Horn.

—Pero si él ni siquiera sabe para qué está aquí. Aunque cree que tú sí lo sabes. Hasta yo sentí miedo al venir, pero él no.

—Un héroe es indiferente al miedo —dijo con sorna el Amo.

Se acercó un poco más.

—¿Qué es lo que tememos? —preguntó ella con firmeza, y con temor agregó—: Tienes que decirme lo que es.

—Eso es imposible, Irenadja.

Los ojos le brillaban en el rostro congestionado. Sonrió.

—¿Ves ese cuadro? —dijo, y ella miró hacia el retrato del hombre ceñudo—. Es el abuelo de mi padre. Él era el amo de Tembreabrezi, como yo ahora, cuando llegó el miedo. No escuchó el llanto de las viejas, sino que salió, salió a regatear, con el precio en la mano. Y ganó el regateo, y los caminos quedaron libres. Bajó de la montaña solo, y con la mano marchita, como la ves ahí. Decían que se le había quemado. Pero mi abuelo, que entonces era un niño, dijo que era fría al tacto, fría como la madera podrida en invierno. ¡Pero él pagó el precio por todos!

—¿Qué precio? —preguntó Irene, furiosa de miedo y de asco—. ¿Qué sostuvo..., qué tocó?

—Lo que amó.

—No entiendo.

—Nunca has entendido. ¿Quién eres tú para entendernos?

—Te he amado.

—¿Harías por amor a nosotros lo que él hizo? ¿Irías allí, a la roca plana, a esperar?

—Haría cualquier cosa que pudiera. ¡Dime qué hacer!

Los ojos de él llameaban. Se acercó tanto que ella sintió el calor de su cara.

—Ve con él —dijo en un susurro—. El extranjero.

Horn lo enviará. Ve con él. Ve y llévalo al Paso Alto, a la roca, la roca plana. Tú conoces el camino. Puedes ir con él.

—¿Y entonces?

—Déjalo regatear.

—¿Con quién? ¿Qué regateo?

—No puedo decírtelo —dijo, y el rostro se le ensombreció—. No lo sé. Dices que nos has amado. Si me has amado, ve con él.

Ella no pudo hablar, pero asintió.

—Tú nos salvarás, Irena —susurró. Volvió el rostro como para besarla, pero el roce de sus labios fue seco, caliente, menos tacto que aliento.

—Déjame marchar —dijo ella.

El Amo se apartó.

Ella no podía hablar y no quiso mirarlo. Se volvió y recorrió la larga habitación hasta la puerta. Él no la siguió.

No regresó a la posada, ni fue a ver a Trijiat. Bajó las empinadas calles sola, y salió por el extremo oriental del pueblo, por delante del taller de Venno y la cabaña de Gelba, hacia el picadero de piedras. Allí se sentó sobre el bloque de granito y, tomando entre las manos algunas pequeñas piñas de cedro, pensó; pero, en vez de pensar, sintió el mismo largo padecimiento del músico que ha de ejecutar su melodía, de principio al fin. A menudo volvía los ojos hacia el camino norte, el camino que llevaba a la Ciudad, el camino que no podía recorrer.

Al día siguiente fue citada a la mansión. Se puso el

vestido rojo y sus mejores medias. Palizot trató de prestarle unos zapatos de suela delgada, «para estar como se debe en casa del señor», pero Irene se negó y salió a hurtadillas con el ánimo triste y afligido bajo el que se ocultaba el miedo, como el agua en las profundidades de una ciénaga.

Cruzó el portal de hierro sin levantar la mirada hacia la mansión.

Como antes, el viejo mayordomo la condujo a la galería de las ventanas, y allí encontró a la misma gente. Hugh Rogers iba vestido a la usanza del lugar, y ella lamentó no haberse puesto los tejanos y la camisa para desafiarlos, y al mismo tiempo lamentó no haber aceptado los zapatos de suela delgada que Palizot le ofreció. Examinó los atavíos de él: pantalones negros y ceñidos, gruesa camisa de lino, chaqueta larga trabajada en encajes negros. Le sentaban bien. Era grande pero proporcionado; la garganta le asomaba blanca y voluminosa en el cuello alto y abierto; mantenía la cabeza erguida. Se acercó a ella animadamente y le habló con una torpe buena voluntad. Estaba feliz en su ropa fina, con el anciano que le daba golpecitos en la espalda, y con la hija del anciano sonriéndole como una tonta, y con toda la comida, cuidado y amistad que un corazón podía desear, y allí vas a hacer lo que no se puede hacer y muchas gracias; para eso viniste, ¿no es así?

El Amo estaba allí, hablando con el viejo Hobim y con un par de aldeanos más. Ella no lo miró de frente ni una vez, pero estuvo en todo momento atenta a él y, cuando lo oía hablar, el corazón se le detenía y esperaba.

La hija del señor Horn estaba junto a Hugh, explicándole que ponían el «adja» al final del nombre cuando querían llamar a alguien amigo; trataba de hacerle entender que el nombre de él, tal como ellos lo oían, Hiuradjas, ya contenía la palabra, y que sonaría mal añadírsela, «¡Hiuradjadja!», y rio al decirlo, una risa suave y feliz. Él le miraba el rostro de porcelana y los cabellos rizados. ¡Necio!, pensó Irene. ¡Estúpido necio! ¿No te das cuenta? Pero vio el sosiego de su boca, la calma de sus ojos, y se quedó aterrada.

—Alliadja —dijo él ruborizándose.

Allia sonrió, dulce y fría como el agua, y lo elogió.

—Podrían ser hermanos —dijo una voz cerca de ella, hablándole a ella, comprendió, y salió bruscamente de la absorta compasión con que había observado a Hugh.

El señor Horn se le había acercado. No la miraba a ella, miraba a Hugh y a Allia, separados de los demás por los cabellos claros de ambos. El largo rostro del anciano era severo y tranquilo, como siempre. Irene, intimidada por la extraña ironía del comentario, no dijo nada. Entonces el anciano le habló.

—¿Te quedarás mucho tiempo con nosotros esta vez, Irenadja?

—Solo mientras os pueda ser útil —respondió ella con sarcasmo. Luego se avergonzó. Fue Horn quien le había dicho: «No hay elogio para tu coraje», palabras que atesoraba para enfrentarlas a la frustración y la inseguridad. Allí, en la otra tierra, donde no podía encontrar hogar, no había pensado en quién se las había dicho, pero se aferraba a ellas: «Tu coraje, tienes coraje... No obligarás a tu madre a tomar la decisión que ella no pueda tomar, no le pedirás la ayuda que ella no te puede dar. Tú no necesitas ayuda. No hay elogio para tu coraje».

—Señor Horn —dijo—, ojalá yo hubiera ido a la Ciudad cuando... cuando aún se podía ir.

—Hay más de un camino a la Ciudad —dijo él.

—¿Lo has tomado alguna vez?

La miró con una mirada gris y distante.

—He estado en la Ciudad. Por eso se me llama señor, porque he estado allí —dijo, amable, frío y sosegado.

—¿Viste al Rey?

—La sombra —dijo Horn—. Vi la sombra brillante del Rey rey.

Pero la palabra era femenina, así que tenía que ser la Reina, o la Madre; ni una sola de las palabras de él significaban algo, pero ella las entendió como nunca había entendido nada en su vida. Los ojos, que miraban siempre desde lejos, ahora estaban puestos en los de Irene. Si extiendo mi mano y lo toco, pensó ella, podré ver con claridad. La reja desaparecerá y estaré en ambos lados; aquí y allá. Pero ese mismo conocimiento me destruye.

Los ojos grises de Horn decían con dulzura: «No me toques, niña».

Alguien se aproximaba a ellos, que estaban junto al hogar. Irene se alejó lentamente de Horn y vio, con indiferencia, que era Sark, el Amo.

—Ahora que Irena está aquí, mi señor, podemos hablarle al huésped con mayor libertad —dijo el Amo amablemente, pero con impaciencia.

El anciano lo miró, hizo una pausa como siempre y luego dijo:

—Muy bien. ¿Hablarás por nosotros y por él, Irena?

—Sí —contestó ella.

Se sentía libre del estupor que la había cohibido tanto tiempo. Estaba segura de que podría contar otra vez con su propia voluntad. Hugh la miró; los otros callaron agrupándose frente al hogar. Allia se puso junto a Hugh. Él las observaba a las dos con serenidad y una cierta aprensión, cándida como la de un niño. El señor Horn habló, e Irene tradujo sus palabras y las de Hugh.

—Te estamos pidiendo un servicio, te estamos pidiendo ayuda.

Hugh asintió.

—No tenemos nada que exigirte. Si decides hacer lo que te pedimos, será por compasión hacia aquellos que no tienen otra esperanza.

—Entiendo.

—No podemos ayudarte, y estarás en peligro.

Al cabo de un momento, Hugh preguntó:

—¿Cuál es el peligro?

Ella no entendió bien la respuesta de Horn, pero la tradujo al inglés lo mejor que pudo:

—Nosotros, los que vivimos aquí, tenemos miedo. Somos el miedo —dijo—, así que no podemos enfrentarnos al enemigo, solo el otro, el extraño, puede volver la cara, su cara. No entiendo lo que está diciendo, de verdad.

—Pregúntale quién es el enemigo.

Ella lo hizo. Horn respondió:

—El ojo que mira, da forma; la mente que sabe, nombra. —Esas fueron las palabras que Irene dijo en inglés.

—Acertijos —dijo Hugh con una sonrisa. Lo pensó de nuevo, iba a hacer una pregunta, y se contuvo; esperó.

Se ha vuelto paciente, pensó Irene. Había dignidad en él a pesar de su torpeza. O tal vez la dignidad era parte de esa torpeza.

—¿Qué le darás para llevar, mi señor? —preguntó el Amo.

—La espada que me dieron, si la quiere —replicó Horn.

—¿Qué le darás para dar, mi señor?

Ella había empezado a traducir aquello para Hugh cuando advirtió que el anciano estaba hablando, despacio como siempre, pero con una áspera pesadumbre:

—Eres el nieto de tu abuelo, Sark, pero ¿dónde están los hijos de su hija?

—Todos nosotros —dijo el hombre oscuro—. Todos nosotros somos sus hijos.

—Los hijos del miedo. Por eso estamos atados. Y nuestras manos derechas son inútiles. ¿Nos venderías de nuevo, Sark? Allia, trae la espada.

Ella cruzó la estancia hacia un cofre que estaba junto a la pared; se arrodilló y abrió la tapa.

La tensión entre Horn y el Amo era tan grande, y tan incomprensible para Irene, que no trató de traducir a Hugh la discusión. Ambos se quedaron mirando a Allia.

La muchacha —con los cabellos rubios sueltos y ondulantes— regresó con una cinta de luz delgada y brillante en las manos. Se detuvo frente a su padre; él se acercó con paso grave a Hugh. Ella se volvió y levantó un poco las manos; sonreía, pero tenía el rostro y los labios pálidos.

Hugh observó la espada y susurró:

—Dios mío.

Sin alzar los ojos hacia Allia o Horn o Irene, la tomó por la empuñadura con una expresión de desconcierto. Era muy pesada. No la blandió, sino que la sostuvo con torpeza atravesando el aire frente a él, como una barrera.

—Deduzco de esto —dijo con tranquilidad— que sea lo que fuere aquello con lo que tengo que enfrentarme es real.

—Imagino que lo es —susurró Irene.

—Esperaba que fuese mágico. Sería más fácil. Escucha, es mejor que les digas que en mi colegio no había clases de esgrima.

Puso con cuidado la punta de la espada sobre el suelo lustroso y mantuvo la mano en el pomo, mirando el puño y la hoja con una expresión de animoso respeto. La hermosa empuñadura parecía adecuada para una mano grande; la hoja era muy delgada y larga. El mango, en el que Irene buscó una cruceta como la de las espadas de los libros, era un reborde macizo y ovalado con una incrustación de piedras amarillas alrededor.

Cuando levantó la vista, vio que todos los demás continuaban mirando la espada. Sark parecía envejecido y tenía una expresión de pena. Horn observaba imperturbable.

—Dice que no tiene ninguna habilidad con las espadas, mi señor —tradujo Irene con un extraño y malicioso placer, sintiendo que lo decía contra Horn y todos los demás, en solidaridad con Hugh.

—No sé si lo contrario le serviría —dijo el anciano—. De todas maneras, no puedo enviarlo desarmado. —La tristeza de su voz hizo que se desvaneciera en Irene cualquier ánimo de desafío.

—Es su espada. De la Ciudad, creo —le explicó ella a Hugh.

—Gracias —respondió él al anciano en el idioma del crepúsculo; y luego, volviéndose a Irene, le preguntó—: Bueno, ¿pueden decirme adónde ir y qué hacer?

Cuando ella tradujo la pregunta, varios de los hombres que habían estado escuchando en silencio replicaron:

—Sobre la montaña —indicó uno.

Y otro agregó:

—En la montaña.

Y el viejo Horn dijo:

—Es la montaña.

El Amo les quitó la palabra:

—Montaña arriba, en los pastizales de Paso Alto. Irena conoce el camino.

—¡No! —estalló entonces Allia con expresión aterrada y colérica—. Dejadme ir. Yo iré con él.

—No puedes. Te arrastrarás de rodillas pidiendo que te dejen regresar antes de haber cruzado el puente —dijo Sark sin tratar de esconder una vengativa satisfacción. Allia se volvió hacia su padre cubriéndose el pálido rostro con las manos, sollozando.

—¿Qué dicen? —preguntó Hugh a Irene, desesperado.

—Quieren que subas a la montaña, a la pradera más alta. Allia quiere enseñarte el camino, pero sabe que no puede.

Entonces el señor Horn, mirando al Amo, comenzó a hablar:

—¿Enviarías a la niña otra vez, Sark? Tú solo conoces el camino de ida. Pero ya no puedes enviarla, ni retenerla aquí. Y un camino tiene dos sentidos. ¿Hacia dónde miran esos rostros? ¿Quién vino a nosotros desde el sur?

—Diles que no importa —le dijo Hugh a Irene—. Iré adonde digan. Si salgo a buscar problemas con esta cosa, imagino que los encontraré.

—Es un largo camino y hay varios senderos. Iré contigo. He estado allá arriba —dijo ella.

—De acuerdo —replicó él, sin oponerse.

Irene se volvió hacia Horn:

—Él irá. Yo iré con él.

El anciano inclinó la cabeza.

—¿Cuándo iremos?

—Cuando quieras.

—¿Cuándo quieres que partamos? —le preguntó a Hugh. Estaba temblando; las lágrimas de Allia le daban ganas de llorar.

—Cuanto antes mejor.

—¿Lo crees así?

—Quiero salir de esto —dijo él con simpleza. Miró hacia Allia, quien se cobijaba bajo el brazo de su padre, pero no alzó la cabeza por temor a encontrarse con los ojos del señor Horn.

—Mañana —dijo él tras una breve pausa—. Pregúntales si están de acuerdo.

—Tú eres el jefe.

—¿Cuál es el problema?

—No lo sé. ¿Por qué no lo pueden decir? No es justo. Todo lo que sé es que te están enviando como un... no sé. Un chivo expiatorio. Un... —Pero no pudo encontrar la palabra que quería, la que significaba algo entregado como ofrenda.

—Están atrapados —dijo él—. No hacen lo que tienen que hacer. Si puedo, lo haré. Está bien.

—No creo que debas ir.

—Es para lo que vine —dijo con resolución—. Pero ¿y tú? Esto va en serio, no vale la pena que los dos nos arriesguemos.

Ella vio el fuego del hogar reflejado sobre la hoja de la espada.

—Conozco el camino; necesitarás a alguien. Además, no quiero quedarme aquí. No más.

—Yo podría quedarme para siempre —susurró él, contemplando no el rostro, sino la blanca mano de Allia contra el vestido azul y verde.

—Lo más probable es que así suceda —dijo Irene, pero una involuntaria compasión enmudeció su amargura, se sentía traicionada y traicionando; y él no la entendió.

La invitaron a quedarse a cenar con ellos en el salón, pero se excusó y partió tan pronto como pudo. Hugh no necesitaba un intérprete; se las arreglaba mejor sin hablar el idioma que con ella hablándolo. E Irene ya no podía continuar allí. Había sido una tonta, pero ya era demasiado tarde. Era tarde para todo. No había prestado atención al hombre sabio y peligroso, y había hecho su promesa al del corazón vacío. Se había equivocado al elegir ser una esclava. De modo que solo le quedaba mirar a su amo, su espejo, y no ver confianza, ni honestidad, ni coraje. La oscuridad de él era un vacío, y él no sentía otra cosa que envidia.

Y, sin embargo, si Allia lo hubiese mirado, ¿no habría visto en él al hombre orgulloso que Irene había visto? Eran ellos los que se pertenecían, él oscuro y luminoso, ella rubia y fría. ¿Cómo podía el Amo no sentir envidia al verlos juntos? Hermanos, había dicho el señor Horn contemplando a Hugh y a Allia, pero mirando a Allia y a Sark diría: «Amantes, marido y mujer». Y así era como tenía que ser. Todo allí era como tenía que ser; todo menos ella, que no pertenecía a ese lugar, ni a ningún otro, sin casa, sin gente propia.

Cenó con Palizot y Sofir. Luego pasó un rato con Sofir en la cocina iluminada por el fuego, pero ya no tenía aquella vieja sensación de paz. El hilo del que había suspendido su vida se había cortado; las cartas estaban echadas. Había pretendido ser hija de ellos, pero nunca lo había sido verdad; y ahora la pretensión no era más que una compulsión del afecto. Sabiendo que al día siguiente subiría a la montaña, temían por Irene, aunque trataran de ocultarlo. Sofir estaba destrozado. Palizot lo sobrellevó mejor, pero la hipocresía los estaba poniendo a prueba a los tres, e Irene no tardó en desearles buenas noches y subir a su habitación.

Corrió las cortinas sobre la invariable claridad del cielo, encendió el fuego y se sentó a pensar. No se le ocurrió ningún pensamiento que valiera la pena. Estaba cansada. Fue a la cama. Allí, antes de dormirse, escuchando las breves ráfagas de viento que golpeaban las viejas buhardillas, pensó: No importa lo que suceda, nunca volveré a Tembreabrezi. Es hora de irme. De partir. Solo me hizo prometer que haría lo que de todos modos habría hecho. La idea no la reconfortaba, pero la tranquilizó. Se había sentido resentida, traicionada, por resistirse a la certeza de que debía marcharse. No había nada que retener, salvo quizá la disposición a amar. Si la perdía lo perdería todo.

Se preguntó por qué ya no tenía miedo. Su cansancio era ya el recuerdo en carne viva del miedo que se había apoderado de ella; pero, aunque se obligó a imaginarse saliendo al camino, subiendo a la montaña, no sintió frío alguno en el fondo del estómago, ni pánico en el pulso ni en la mente. Tal vez aquello significaba que había tomado la decisión correcta, que había hecho lo que había venido a hacer, como dijo Hugh, el pobre Hugh, torpe y ansioso, de mirada franca. Iba a ir, aunque no lo deseara; quería quedarse. Entonces, ¿cuál era la decisión buena? Eso se revelaría por sí mismo, y mientras tanto no había miedo, sino cansancio, un cansancio que surgía de fuentes más profundas que el sueño, que iba más allá de la palabra o de la mano que toca, que era la montaña dentro de la montaña, el mar contenido en el manantial, allí, donde la lluvia no caía.

Cuando Palizot y Sofir despertaron, ella se levantó; se puso los tejanos, la camisa y las botas de excursión, intentando, como siempre cuando se iba del país anhelado, no llevar nada consigo más allá del umbral; pero luego se encaminó al cofre del pasillo para sacar el viejo manto que Palizot le dio la vez que se había marchado por la carretera norte con los mercaderes. Era de lana de color rojo oscuro, tenía el dobladillo descosido y estaba lleno de manchas, pero era abrigado y tan fácil de llevar como una mochila pequeña. Sofir, sospechando que aquel viaje no sería corto, le preparó un pesado paquete, que contenía carne salada, queso y pan para varios días. Irene enrolló todo en el manto.

Palizot y ella permanecieron abrazadas durante un momento. Ninguna pudo decir nada. Era un final, y las palabras eran para los comienzos. Besó a Sofir, y se fue de la posada.

Al salir al patio encontró a Aduvan, a Virti y a otros niños que la estaban esperando; parecían animados, aunque algo asustados o perplejos. No dijeron gran cosa, pero la rodearon, como buscando seguridad. Por la calle escalonada bajaban Horn, Allia, Sark, Fimol y un grupo de hombres y mujeres ancianos; entre todos ellos, Hugh, alto y con el rostro blanco, parecía un buey que llevaban al matadero. Irene, escoltada por los niños, se les unió al pie de la calle.

Otras personas estaban en la puerta de sus casas a lo largo de la calle que, atravesando el pueblo, conducía hacia el oeste. Saludaron con deferencia a Horn llamándolo señor, y a Hugh y a ella nombrándolos.

—Irena, Irenadja.

Algunos se unieron al grupo y otros se juntaron en las esquinas. Irene se dio cuenta de que aquello era un desfile. Triste y silenciosa, la gente de Tembreabrezi se había reunido para honrarlos, para desearles bien, para enviar su esperanza con ellos.

Un padre joven alzó a su niño en brazos para que viera pasar a Hugh, que tuvo que contenerse para no echarse a reír como un tonto. El grandullón de Hugh, con el hermoso abrigo de piel que ellos le habían dado, y su mochila, y la espada en la vaina de cuero a un costado, habría parecido un héroe si tan solo hubiera sabido que lo era; pero se veía desdichado, avergonzado, alzando los hombros y perdiendo su parte de gloria porque nadie jamás le había dicho que la tenía.

La calle que conducía a la salida oeste del pueblo se convirtió en camino, los adoquines dieron paso a la tierra apisonada. Las casas a ambos lados eran cada vez más bajas y menos frecuentes; luego comenzó el campo, cercado de rosas, y los extensos pastizales donde estaban todos los rebaños, al norte y al oeste del pueblo. La gente los acompañaba, de modo que, al pasar entre los campos cercados, había cuarenta o cincuenta personas caminando en silencio. Sintiendo que el corazón le daba un vuelco, Irene pensó: «Quizá vengan con nosotros, quizá todo lo que necesitaban era comenzar con nosotros, y podamos mantenernos juntos y seguir». Pero los padres de los niños caminaban con los niños. Los llevaban tomados de la mano; se acercaban a ellos y les hablaban dulcemente. Nadie levantaba la voz.

—Irena —dijo Aduvan con un suspiro de desdicha, caminando junto a su madre y su hermano menor.

Irene se volvió hacia ellos. Otros niños alzaron los brazos suspirando.

—Adiós. —Virti no quiso besarla; lloró, gimió—: No quiero ver la cosa mala, ¡no quiero verla! —Trijiat regresó con él. Irene se volvió una vez más, los niños estaban allí, en el camino, en el crepúsculo. Más allá, el pueblo a oscuras.

Uno a uno, hombres y mujeres dejaron de andar. Se quedaron quietos en el camino, viendo seguir a los otros; un viento suave sopló cerca de ellos.

A la izquierda se elevaba un muro de rocas, y a la

derecha un alto saliente oscurecía el camino. Ella solo alcanzaba a ver las piedras blanquecinas del puente que prolongaba el sendero sobre un raudal de agua, que se esparcía regando pastizales. Aquella sería la linde: el puente.

—Adiós, Irena —dijo una mujer en voz baja al pasar.

El viento alzó un poco la falda gris; tenía un rostro pálido a la tenue luz del camino. Era la abuela de Aduvan, la madre de Trijiat, la que le había enseñado a hilar.

—Adiós —contestó Irene. El camino doblaba un poco hacia la izquierda, en dirección al puente. Pasó al Amo, impaciente y rígido, con las manos apoyadas en los costados—. Adiós, Sark —dijo ella llamándolo de ese modo por primera y última vez.

Él no quiso, o no pudo, hablar. Se alejó de él y se acercó al señor Horn. Junto a él, Allia contemplaba a Hugh, y el cabello le brillaba en el crepúsculo del camino como si tuviera luz propia.

—Que nuestra esperanza te acompañe, que nuestro apoyo sea tu aliento —dijo Allia en su propia lengua con voz suave y clara.

Él le respondió algo que solo Irene fue capaz de comprender:

—Te amo.

—¡Hasta siempre! —dijo Allia, y él repitió las mismas palabras.

La mano delgada y ligera del señor Horn descansaba en el hombro de Irene. Ella lo miró asustada. Sonriendo, él le besó la frente.

—Ve y no vuelvas la mirada, hija mía —dijo.

Ella se quedó quieta, perpleja.

Hugh echó a caminar hacia el puente. Ella tenía que ir con él. Pasó junto a Allia, de pie en el camino oscuro, inmóvil y callada como una estatua. Me ha llamado hija, le dijo el corazón, me ha llamado hija, y siguió caminando sin volver la vista atrás.

Una vez cruzado el puente, el camino doblaba hacia el oeste, y comenzaba a subir por la montaña.

Hugh mantuvo un paso ligero, un poco más adelante y a la derecha; ella lo vio moverse como un bulto en la luz crepuscular.

Los arbustos dieron paso al bosque. Gruesos troncos de árboles, hojas y ramas cerraban y techaban el camino. Un túnel. Retazos de cielo en lo alto. El olor pesado y vegetal del bosque. Algo enorme y descolorido se dibujaba a lo lejos. Al tiempo que el corazón de Irene comenzaba a palpitar, la mente le decía: «Es la roca, cálmate, es solo la roca del camino alto. ¿Ya? Sí, ya, hace tiempo que salimos del pueblo, que cruzamos el puente, unos tres kilómetros».

—Hugh —dijo.

Solo entonces, al hablar, aun cuando no fue más que un susurro, oyó el silencio. El viento había cesado. Nada se movía. Era como estar sorda. No había sonido.

Hugh se detuvo y se volvió hacia ella.

—Por aquí —susurró Irene, apuntando hacia la izquierda. No lograba hablar más alto—. El sendero hacia las praderas altas.

Él asintió. Salieron del camino y tomaron un sendero más estrecho y abrupto surcado por las profundas huellas de los rebaños.

Le zumbaban los oídos y el corazón le latía con fuerza.

Es el cansancio de la subida, pensó, pero no era eso. Era el silencio. Si tan solo se hubiera escuchado un sonido, algo que no fueran los pasos y la respiración de ellos, y ese leve golpeteo en las sienes, y Hugh caminando detrás, casi sin hacer ruido, aunque allí cualquier ruido era demasiado.

No tengas miedo, no tengas miedo. Sólo sigue por donde tienes que ir. No vayas a perderte como una tonta.

Había pasado un par de años desde la última vez que estuvo allí. Solía ir con los pastores y el rebaño y los niños. Ahora tenía que encontrarlo ella sola. No dejaba de interrogarlo, no podía equivocarse. Mira el camino, se dijo, es el camino de las ovejas, allí hay excremento seco de oveja, esas son marcas de pezuñas; este es el camino correcto. No voy a tener miedo.

La maleza había comenzado a invadir el camino desde que dejaron de usarlo. No era un sendero difícil, pero requería atención constante, y era todo cuesta arriba. De pronto, en lo alto de una abrupta pendiente, emergieron de la oscuridad del bosque. El aire parecía brillar. Había un claro panorama de tierra y cielo. Era uno de los extremos de la Pradera Larga, un inmenso pastizal alpino, una terraza en la cara nordeste de la montaña.

Debajo de un árbol intentó recobrar el aliento. Hugh se detuvo junto a ella. Irene vio que el pecho le subía y bajaba en respiraciones regulares mientras contemplaba la extensión de la pradera y las lomas escarpadas.

—¿Es este el lugar? —preguntó él. Fueron las primeras palabras desde que cruzaron el puente.

—No. Estamos a medio camino, creo. El Paso Alto está allí arriba —apuntó hacia los riscos grises y las crestas que asomaban a la Pradera Larga, muy a la derecha de donde estaban—. Con los rebaños se tardaban dos días en llegar hasta allí. Siempre acampaban en este lugar.

—Me pregunto para qué me han dado toda esta comida.

—San Jorge y los bocadillos —dijo Irene, y lanzó una carcajada.

Miró a Hugh. Se había quitado la mochila y el abrigo de cuero y con el entrecejo fruncido intentaba ajustarse el cinturón.

—La maldita espada no deja de molestarme. —Miró hacia arriba y se encontró con los ojos de Irene—. Es de mentira —dijo, y se sonrojó—. Para una comedia.

—Lo sé.

Pero el silencio rondó sus voces, y ellos lo oyeron.

—¿No sientes... —dudó él, con torpe delicadeza— miedo?

—No exactamente. Me siento nerviosa, como si algo me diese la espalda. Hugh acomodó la espada, se pasó la mano por el pelo, y resopló—. ¿Nunca lo habías sentido hasta ahora? —preguntó ella con curiosidad.

—Creo que no.

—Eso es bueno.

—La última vez, cuando pasé por el portal, estaba asustado. Ya sabes. Asustado de verdad, aterrorizado. Pero fue porque tenía miedo de perderme. ¿Esto es algo parecido?

Ella sacudió la cabeza.

—Nada de eso. Más bien es como si fueses a encontrar algo que no quieres encontrar. —Él hizo una mueca—. Es horrible —dijo ella—. Pero aquí nunca he tenido miedo de perderme. Siempre sé dónde está el portal. Y el pueblo. Y la ciudad.

Él asintió.

—Todo está en la misma línea, sigue el mismo eje. Pero cuando pasé el portal, lo perdí. Todo se veía igual. Ni siquiera reconocí el arroyo al cruzarlo. De no haberte encontrado...

—Pero estabas en el camino..., casi en él. El miedo no te dejaba pensar.

—Cuando dijeron que tenía que subir la montaña, y separarme del eje, pensé que no sobreviviría al pánico. Pero, cuando supe que vendrías, eso hizo... Ya sabes. Como si me dieran una oportunidad.

Él estaba tratando de agradecérselo, pero ella no sabía cómo dejar que lo hiciera.

—¿Qué quisiste decir sobre una comedia?

—No lo sé. —Se quedó mirando más allá del prado. Kilómetros de plateados pastizales, en la invariable luz, inclinados ligeramente por el viento. El cielo estaba vacío. Ningún pájaro, ningún vestigio de nube—. La espada, supongo.

—¿Crees que no la necesitarás?

—¿Necesitarla? —La contempló de una manera bastante estúpida.

—¿Para qué es? ¿Contra qué se supone que tienes que usarla?

—No sé.

—¿Y qué pasa si ni siquiera tienes que pelear, si no te sirve? Si hay algo allí arriba, algún tipo de criatura o poder, ¿por qué no nos dicen qué es? ¿Y qué pasa si no tiene sentido tratar de enfrentarlo?

—¿Por qué nos engañarían? —preguntó él con voz grave.

—Porque es todo lo que pueden hacer. No quiero decir que el señor Horn sea malo. No sé cómo es. No se puede distinguir lo bueno de lo malo en nada de lo que hacen. Como dijiste, hacen lo que tienen que hacer. El Amo habló acerca de llegar a un acuerdo, de pagar. Quiso decir... No sé lo que quiso decir. Simplemente no lo entiendo, no sé lo que estamos tratando de hacer aquí.

Hugh se pasó otra vez la mano por los cabellos sudados.

—Pero no tenías por qué venir —dijo, en su manera tierna, obstinada.

—Sí. Bueno, no lo sé. Tenía que hacerlo. Era el momento de partir.

—Pero ¿por qué este camino? ¿Por qué no te fuiste a casa?

—¡A casa! —exclamó ella.

Él se quedó un momento en silencio. Meneó la cabeza una vez.

—Lo imagino —dijo, y al cabo de un rato agregó—: Sigamos. No dejo de pensar que pronto oscurecerá.

7

La hierba era alta, espesa y enredada; no revelaba ningún camino. La muchacha echó a andar con seguridad, orientándose hacia los riscos grises al otro lado de la extensa terraza de hierba. No era necesario ir en fila india como en los estrechos senderos del bosque. Hugh caminó junto a ella, pero a algunos metros de distancia, pues había dejado bien en claro que le disgustaba que la atosigaran e incluso que se le acercaran. Las flexibles y densas hierbas se le enredaban en los pies; aprendió a apoyarlos bien en cada paso, como cuando se camina en la nieve. La aparatosa espada le golpeaba el muslo, pero era agradable andar a paso regular, continuo, en lugar de andar trepando a tientas. Y era agradable, y extraño en aquella tierra de bosques, tener la meta a la vista, mirar las crestas irguiéndose cada vez más.

—Ahora me parece que siempre es de mañana —dijo él después de un largo rato.

La muchacha asintió.

—Porque aquí arriba hay más luz. No hay árboles.

—Y hacia el este está abierto.

Siguieron caminando en silencio. Parecía natural, en aquella vasta pradera, que no hubiera más sonido que el leve roce de la hierba en las piernas, y a veces el zumbido del viento en los oídos. Un cálido sentimiento de triunfo invadió el cuerpo y la mente de Hugh, un ritmo alegre que acompañaba sus pasos. Estaba haciendo lo que había ido a hacer, yendo a donde tenía que ir. Había ganado el derecho a estar allí, el derecho a amar a Allia.

No importaba que ella no entendiera el idioma en que él le había dicho: «Te amo». No importaba si nunca se volvían a ver. Lo que importaba era su amor, que lo impulsaba hacia delante, sin miedo ni aflicción. No podía tener miedo. La muerte es la hermana del amor, la hermana de rostro ensombrecido.

A medida que avanzaban, los riscos parecían más altos, y ya era posible distinguir los pliegues, cicatrices y grietas; la hierba salvaje se sacudía cuando ellos pasaban, y las profundidades del cielo se extendían como agua allá en lo alto. Hugh sintió una vez más que sería feliz caminando en silencio a través de esa tierra por toda la eternidad. No había cansancio en él. Nunca se cansaría. Podría seguir, dándole la espalda a todo, para siempre.

La muchacha estaba llamándolo. Repitió el nombre de él, una y otra vez. Él no quería detenerse. No había nada por lo que valiera la pena detenerse. Pero la voz de la muchacha sonó como el llanto de un ave marina; entonces Hugh miró hacia atrás, y se detuvo.

Hacía ya un rato que habían llegado al pie de los riscos, y desde entonces caminaban hacia el norte sobre hierbas más bajas, cerca de enormes precipicios y rocas cubiertas de retamas y pastos. La muchacha se quedó detrás de Hugh, junto al pliegue exterior de una grieta en la base de los riscos, donde él, al volver, descubrió la entrada de un sendero. Parecía ser un camino oscuro y estrecho.

—Este es el camino que sube a Paso Alto —dijo ella. Él lo miró con fastidio—. Quiero descansar antes de empezar a subir. Es muy empinado. —Se sentó sobre la hierba corta y reseca—. ¿Tienes hambre?

—No mucha.

No quería molestarse en comer, aunque al pensarlo descubrió que habían caminado un largo trecho, que la oscura carretera donde había dejado a Allia quedaba muy atrás, abajo, allá abajo. Deseaba continuar. Pero la muchacha tenía razón en querer detenerse, se veía cansada; el rostro serio parecía hinchado. Dejó caer el abrigo, la mochila y el cinto con la espada cerca de ella, y se alejó hacia un montón de piedras despeñadas para orinar; regresó, sintiendo una agradable tibieza en todo el cuerpo; sin estar cansado, disfrutó del reposo; se subió a una roca cerca de la muchacha, que comía sentada en la hierba. Ella le pasó un trozo de carne salada y algunas frutas secas. Sabían bien.

Había un sonido: el viento silbando en el pasto seco o más allá de los peñascos, un silbido diminuto y frío, a ras de tierra.

Ella envolvió la comida.

—¿Mejor? —preguntó él.

—Sí —respondió ella con un suspiro. Él vio que ella volvía el rostro pálido hacia el oscuro sendero.

—Escucha... —dijo él; quería decir el nombre—. No tienes por qué seguir.

Ella se encogió de hombros. Se puso de pie, ajustándose el manto enrollado que hacía las veces de mochila.

—¿El sitio a donde voy está en lo alto de aquel camino?

Ella asintió.

—De acuerdo. No hay problema.

Ella estaba de pie, con aire de desánimo, pero de pronto lo miró y sonrió.

—Te perderías —dijo—. Siempre te pierdes. Necesitas una guía.

—No puedo perderme en un camino de medio metro de ancho.

—Lo hiciste, cuando vinimos te desviaste de la carretera sur. —La sonrisa se convirtió en una breve carcajada—. Cuando yo me asusto, tú te pierdes. Parece que funciona de ese modo.

—¿Ahora estás asustada?

—Un poco. Está viniendo otra vez. —Pero la risa aún no había desaparecido.

—Entonces no deberías seguir. No es necesario. Me siento responsable. Si no fuera por mí, no lo harías.

No terminó de hablar cuando ella ya estaba subiendo. Él la siguió de inmediato, colgándose la mochila apresuradamente. Entraron por la grieta, una cicatriz vertical en la pared de la montaña. Altos y resecos muros de roca parduzca se cerraban sobre ellos. El camino era pedregoso y empinado.

—No eres responsable de lo que yo haga —dijo ella por encima del hombro.

—Entonces tú no eres responsable de evitar que me pierda.

—Pero tenemos que llegar.

Siguieron escalando. De pronto se toparon con un montón de piedras caídas. Hugh contempló la mano de la muchacha aferrada al borde áspero de una roca. Era una mano pequeña, delgada y oscura; blancas, las lunas crecientes de las uñas.

—Escucha —dijo él—. Quisiera... Nunca entendí tu nombre.

Ella se volvió y deletreó con voz clara:

—Irena.

Hugh repitió el nombre, y una amplia, dulce y secreta sonrisa pasó por el rostro de la muchacha; se detuvo un instante en las áridas ruinas de tierra y roca, y lo observó. Luego siguió andando, a paso ligero.

La espada lo molestaba constantemente, la pesada vaina de cuero lo hacía tropezar o le golpeaba el muslo o se le encajaba como una muleta debajo del brazo. Se detuvo para acomodarla, y perdió de vista a la chica. Más adelante, oyó el sonido de un curso de agua. Dobló uno de los innumerables recodos del camino y vio que se precipitaba un pequeño torrente sobre una cuenca de maleza verde y helechos. De rodillas, con el rostro y las manos mojados y llenos de lodo, Irena lo estaba esperando. También él se arrodilló y bebió, hundiendo las manos en el diminuto pantano a orillas del arroyo. El agua estaba helada, y sabía a hierro, a bronce, o a sangre.

El camino continuaba estrecho y empinado, siguiendo las fisuras en el muro de roca. Aquí y allá, impresas en el barro reseco, se veían las marcas de las pezuñas del último rebaño que había bajado de la montaña. La franja de cielo en lo alto parecía distante. No entraba mucha luz al camino excepto cuando este bordeaba esporádicamente algún cañón. Cuando las paredes volvían a cerrarse, Hugh sentía que el sendero lo llevaba hacia el interior de la montaña. Las botas le resbalaban sobre la piedra; caminaba con paso inseguro. Envidiaba a la muchacha, que muy delante de él avanzaba como una sombra por el empinado y tortuoso camino.

Ella se detuvo en un tramo recto y largo. Él la alcanzó y le preguntó, susurrando a causa del profundo silencio:

—¿Estás bien?

—Solo extenuada —respondió entre jadeos.

—¿Cuánto falta?

Las rocas que colgaban sobre el camino tenían formas extrañas, bulbosas, como erosionadas por el agua. Parecían animales a medio formar, tumores, inmensas entrañas de piedra.

—No sé. Con las ovejas nos llevaba el día entero.

Los ojos de ella, en aquel crepúsculo pesado de rocas, parecían oscuros y asustados.

—Ve más despacio —dijo él—. No hay prisa.

—Quiero salir de aquí.

Serpenteando y enterrándose en las gargantas, el camino subía inmisericorde. Dos veces más se detuvieron a recobrar el aliento. El último tramo era tan empinado que treparon como por una escalera, apoyándose en las manos. Cuando abruptamente el camino se allanó y no hubo más paredes, Hugh estaba a gatas. Se puso de pie, y enseguida, entonces, mareado, cayó de rodillas. El camino desembocaba en el borde exterior de un segundo y estrecho prado alpino. Trescientos, quizá seiscientos metros más abajo, la inmensa pradera de la que habían salido se extendía brumosa en la distancia, verde como el musgo. No tenía idea de cómo calcular la altura, los kilómetros; pero estaban muy arriba; ya alcanzaba a ver el enorme declive de la ladera, tanto hacia arriba como hacia abajo, absoluto como el horizonte, tan alto y lejano que se perdía en la espesura de la atmósfera crepuscular. Arriba, hacia el norte y el este de la montaña, se arqueaba el cielo calmado e imperturbable.

Irena estaba sentada junto al borde, mirando hacia el norte por encima de las tierras bajas. Hugh observó el este, y se preguntó si desde allí podría verse el resplandor de las luces de Pueblo de la Montaña, pero al mirar hacia abajo volvió a marearse. Entonces echó un vistazo más allá del golfo de aire, hacia las montañas orientales. Tras aquellas líneas tenues que parecían dibujadas con lápiz sobre papel gris, ¿había un indicio de color, de brillo? Lo contempló durante un largo rato, pero no estuvo seguro.

Cuando siguió la mirada de Irena hacia el norte, no vio brillo de luces de pueblos ni el tenue resplandor abovedado de lo que a lo lejos pudiera ser la Ciudad. Todo era gris, indistinto, silencioso, vasto.

Al fin ella se puso de pie y se alejó del borde, caminando con cuidado.

—Esto es el Paso Alto —susurró—. Tengo las piernas destrozadas de tanto subir.

Le mareaba verla de pie entre él y aquella inmensidad de aire vacío. Volvió los ojos hacia el interior de la pradera, y se levantó. Al otro lado de la hierba —baja y vívida como un jardín—, entre el borde y el muro de la montaña que se elevaba por encima, había una especie de peñasco, que parecía una isla en medio de la hierba. Caminó hacia allí. Era una masa de piedras grises, grandes y cubiertas de liquen, amontonadas y rotas. En aquel lugar extraño y elevado, sentir la sólida presencia de esas rocas lo tranquilizó. Ambos se sentaron apoyando las espaldas en la mayor de las rocas, una mole de cinco a siete metros de altura.

—Esa sí que fue una subida —dijo Hugh. La muchacha apenas asintió. Él sacó comida de la mochila y la compartieron en silencio. Ella apoyó la cabeza en la piedra y cerró los ojos. El perfil de su rostro era pequeño y severo, como el de una moneda de bronce, recortado contra el cielo.

—Irena.

—¿Qué?

—Si quieres dormir, yo vigilaré.

—Está bien —dijo ella, y sin más se acurrucó junto a la roca con el bolso rojo como almohada.

Él comió un trozo de carne —dura, correosa, y de agradable sabor— y un pedazo de queso de cabra, que no le gustaba, pero que el hambre le permitió comer; lo consideró un rato, cogió otra lonja de cordero salado, y volvió a guardar la comida en la mochila. Aunque habría comido más, resolvió que aquello era suficiente. Se sintió mucho mejor por eso. Habían salido del pueblo hacía ya mucho tiempo y estaba cansado, pero no exhausto. Si se acomodaba apoyándose en la mochila, se dormiría, como la muchacha. Tenía que vigilar. Se puso de pie y empezó a caminar de un lado a otro junto a la isla de roca.

En la claridad de aquella atmósfera —una omnipresencia de luz que no venía de ninguna parte, menos crepuscular que traslúcida—, el color de la hierba era intenso, oscuro y claro como una esmeralda. Los bosques que cercaban los dos confines de la pradera —próximos al sur, lejanos al norte— se veían escabrosos y negros. Sobre los riscos que se asomaban a ella, del próximo peldaño de aquellas descomunales escalinatas pendía la misma escabrosa negrura de árboles empinados y remotos; y más allá, las cumbres desnudas. En aquel mundo de aire, rocas y bosques, no había otro color que el oscuro verde esmeralda. No había flores en aquella pradera. Ninguna flor podía brotar entre la hierba si no brotaban estrellas en el cielo. A Hugh le pareció lógico, pero resolvió que la mente se le estaba obnubilando. Para espabilarse cambió de recorrido, aunque sin perder de vista a la muchacha.

Cerca del extremo norte, hacia los riscos, había un claro en la hierba. La segunda vez que llegó al final de la curva del camino, se acercó más para ver por qué allí la tierra estaba desnuda. No era tierra, sino roca, un omóplato de roca que asomaba a través de la piel de la montaña. La superficie ligeramente abultada estaba rota en varios sitios; se acercó más para mirar. En la piedra manchada de óxido y líquenes había cuatro anillas de hierro formando un rectángulo de varios metros de longitud. Subió a la roca plana y tiró de una de las anillas, pero no consiguió moverla. Una tira de cuero atada al hierro y rota en el nudo se había adherido a la anilla hasta tal punto que parecía una excrecencia del metal.

Era odioso todo aquello: las gruesas y oxidadas anillas incrustadas en la roca, entre el abismo y el acantilado; un odioso lugar. La muchacha dormía detrás de las rocas, en el flanco abierto, indefensa. Eso estaba mal. Y Hugh estaba mal allí. Era el lugar equivocado. Le dio la espalda a la roca plana, en ese momento sintió el llanto del bosque.

Un ruido quejumbroso, sibilante, plañidero y lejano, apenas más fuerte que el súbito golpeteo que sentía ahora en el pecho.

Corrió. La sensación de abismo más allá del borde le invadió la cabeza. La muchacha dormía; la sacudió, diciendo:

—Despierta, despierta.

—¿Qué sucede? —musitó ella, confusa y frunciendo el ceño, y abrió los ojos al oír la voz, ya mucho más cercana, ululando y sollozando en los bosques del extremo norte de la pradera.

—Vamos —dijo él, ayudándola a incorporarse.

Ella recogió el saco de dormir y lo siguió, jadeante y silenciosa. Hugh no le soltó el brazo, pues veía que la muchacha apenas podía moverse, aturdida por el sueño o el terror. La arrastró tras él unos cuantos pasos y luego, de pronto, en un espasmo de alivio, ella se soltó y echó a correr. Corrieron hacia el bosque por el extremo más cercano a la pradera, huyendo de la voz. Ninguno había tomado una decisión consciente. Corrieron. La voz se hizo más fuerte detrás de ellos, un aullido sollozante que martilleaba en los oídos. Llegaron al bosque, donde podrían haberse escondido, y encontraron un laberinto de oscuros senderos en el que sería fácil perderse.

—¡Espera! —trató de gritarle Hugh con el poco aliento que le quedaba, pero ella no pudo oírlo, un aullido monstruoso y desolado inundaba el mundo.

La chica tropezó y, esquivando el tronco de un árbol, corrió hacia Hugh y se aferró a él con una expresión de pánico en los ojos. Abandonaron el camino que habían estado siguiendo y se precipitaron colina abajo entre arbustos y ramas que les laceraban los brazos y la cara. De tan empinado, el terreno parecía deslizarse debajo de ellos; resbalaron cuesta abajo una docena de metros para terminar contra el tronco de un árbol caído, donde se escondieron paralizados. La voz aniquilaba todo pensamiento, más fuerte aún, horrible y desolada, enorme, anhelante. Hugh alzó los ojos y vio que la criatura que emitía la voz estaba allí, en el sendero; los arbustos se agitaban a su paso; blanca, arrugada, dos veces más grande que un hombre, arrastrando el cuerpo con dolor y terrible rapidez, la boca abierta en un sibilante aullido de hambre y sufrimiento insaciables, y ciega.

Pasó. Se alejó, dejando detrás el repulsivo sonido.

Hugh estaba con la espalda apoyada en el árbol caído, intentando respirar. El mundo parecía deslizarse alrededor de él, teñido de blanco. Se tranquilizó poco a poco y el pecho dejó de dolerle. Enseguida advirtió que algo le oprimía el costado.

—Irena —susurró sin voz, dando un nombre a aquella presencia, afirmándose en ella.

La muchacha se puso en cuclillas, con el rostro oculto entre las manos.

—Todo está bien —dijo él.

—Se ha ido —respondió ella—. Se ha ido.

—¿Se ha ido?

—Siguió de largo.

—No llores.

Ella se había incorporado, pero su calor seguía junto

a él, y él apoyó la cabeza en el hombro de la muchacha, llorando.

—Todo está bien, Hugh. Ya pasó.

Al cabo de un rato, él levantó la cabeza y se sentó. Respiraba ya regularmente. Irena se apartó un poco, trató de quitarse las hojas y la tierra del pelo con los dedos, y se frotó las mejillas mojadas.

—Y ahora, ¿qué? —dijo con voz baja y ronca.

—No lo sé. ¿Estás bien?

Ninguno se había lastimado al rodar colina abajo, aunque los arañazos de las ramas en el rostro de Irena parecían líneas de lápiz rojo. Pero Hugh se sentía golpeado, aturdido, con el aturdimiento profundo que lo había invadido en el camino del portal; e Irena, sentada con los ojos entreabiertos y la cabeza inclinada, parecía compartirlo.

—No puedo seguir —dijo ella.

—Yo tampoco. Pero tenemos que desaparecer. —Hasta hablar suponía un esfuerzo.

Resbalaron varios metros por la abrupta pendiente. Las raíces de un tupido seto de rododendros se ahuecaban en una suerte de escondrijo. Bajo los altos y viejos arbustos, la capa de humus era profunda, con un olor suave y amargo. Irena se deslizó dentro del nicho y, en cuclillas como un bebé, comenzó a desabrochar el bolso de lana, que había llevado apretado bajo el brazo izquierdo todo el tiempo. Hugh gateó un trecho bajo los arbustos hasta que pudo estirarse boca abajo. Quería quitarse el cinturón y librarse así de la espada, pero se sentía demasiado cansado. Apoyó la cabeza en el brazo.

Ella estaba sentada con las piernas estiradas bajo las ramas exteriores del rododendro. Miró alrededor cuando oyó que Hugh se movía. Él se estiró junto a ella, y encogió los hombros, desperezándose. Había dormido tan profundamente que tenía aún el cuerpo flojo; apenas podía cerrar la mano. Las heridas en el rostro de Irena parecían arañazos de tinta negra, pero no era ya aquel rostro cadavérico de terror y agotamiento; era otra vez redondo, suave, triste.

—¿Estás bien?

Ella asintió, y al rato dijo:

—Me pregunto si habrá un arroyo allí abajo.

Los dos estaban sedientos y no querían comer antes de beber. Pero ninguno iba a buscar agua. Aquel rincón, amurallado y cobijado por oscuros y viejos arbustos, parecía protegido, protector. Allí habían encontrado refugio. Era difícil dejarlo.

—No sé qué hacer —dijo Hugh en voz baja. El bosque estaba en calma, pero no totalmente; un leve movimiento de aire rompía el silencio.

—Lo sé —dijo ella, queriendo decir que tampoco sabía.

Después de un rato, él dijo:

—¿Quieres regresar?

—¿Atrás?

—Al pueblo.

—No.

—Yo tampoco. Pero no puedo... ¿Qué otra cosa se puede hacer?

Ella no respondió.

—Tengo que devolverles la maldita espada. Y decírselo a todos.

—¿Decirles qué?

—Que no lo puedo hacer —dijo, frotándose la cara con las manos, sintiendo la barba áspera en la mandíbula y el mentón—. Que cuando lo vi me eché al suelo y lloré.

—Vamos —dijo ella con firmeza—. ¿Qué habrías podido hacer? Nadie podría. ¿Qué esperan ellos?

—Coraje.

—Menuda estupidez. ¡Tú lo has visto!

—Sí. —La miró. Quería preguntarle qué había visto ella porque no podía olvidarlo ni creerlo. Pero no conseguía hablar abiertamente.

—No tendría sentido tratar de enfrentarlo —dijo ella con voz débil—. No sería coraje, sino estupidez. Solo pensarlo me da náuseas.

Después de una pausa, con voz temblorosa él preguntó:

—¿Es..., tenía ojos?

—¿Ojos? No se los vi —respondió ella.

—Si estaba ciego... Parecía estar ciego. La manera en que corría...

—Quizá.

—Si está ciego, podríamos enfrentarlo.

—¡Enfrentarlo! —se mofó la muchacha.

—Es el ruido. El maldito ruido que hace —dijo él, desesperado.

—Es el miedo —dijo ella—. Cuando sientes miedo..., estás oyendo esa voz. La oí una noche, mientras dormía. Es como si te nublara la mente. Es como... No puedo hacer nada, no puedo ayudarte. Si regresa, volveré a salir corriendo. Tal vez ni pueda correr.

«Ni pueda correr». Las palabras se demoraron en la mente de Hugh. Vio la roca plana en medio de la hierba. Las anillas de hierro. El nudo de cuero. Se quedó sin aliento, y la boca se le llenó de saliva.

—¿Qué dijeron que había que hacer? —preguntó por fin—. Hubo muchas frases que tú no llegaste a traducir. Me dieron la espada, nos mandaron aquí arriba, a esa pradera...

—El señor Horn no dijo nada. Sark dijo que fuéramos a la roca plana. Imagino que se refería a la pila de rocas donde estuvimos sentados.

—No —replicó Hugh; pero no dijo nada más.

—Supongo que sabían que si íbamos allí nos..., aquella cosa vendría. —Se quedó callada un rato, y luego agregó en voz muy baja—: Cebo. —Él permaneció en silencio—. Amaba a esa gente. Tanto tiempo... Creí...

—Estaban haciendo lo que tenían que hacer. Y nosotros... nosotros no vinimos por accidente.

—Vinimos huyendo.

—Sí, pero vinimos, llegamos a este lugar.

Esa vez ella no respondió.

Después de un rato, él dijo:

—Siento como si debiera estar aquí. Aun ahora. Pero tú has hecho lo que prometiste. Tienes que regresar, regresar al portal.

—¿Sola?

—Si estuviera contigo no podría protegerte.

—¡Esa no es la cuestión!

—Aquí corres peligro. Ahora no te necesito. Si estuviera solo podría..., estaría en condiciones de actuar con libertad.

—Ya dije que no eres responsable de mí.

—No lo puedo evitar. Dos personas son siempre mutuamente responsables, de alguna manera.

Ella se sentó en silencio, abrazándose las rodillas. Habló al fin con voz tranquila:

—Hugh. ¿Qué ganarías estando solo, excepto que te maten?

—No lo sé.

Ella dijo enseguida:

—Tenemos que comer. —Y se arrastró bajo el rododendro en busca del saco de dormir. Sacó los paquetes de comida y se sentó a mirarlos.

—Mi mochila se ha quedado junto a esas rocas —dijo él.

—No quiero volver allí.

—No. Con esto basta.

—Bueno, nos podría durar un par de días. Si la estiramos.

—Es suficiente. —No importaba. Nada importaba. Estaba vencido. Había corrido y se había escondido, otra vez, y estaba a salvo y siempre estaría a salvo y nunca libre—. Vamos. No tengo hambre.

—¿Vamos? ¿Adónde?

—Al portal. Salgamos de aquí.

Ella miró con desdicha e indecisión cómo Hugh se ponía de pie, se ceñía de nuevo el cinturón con la espada, y se echaba sobre los hombros el abrigo de cuero. Le dolían los músculos, se sentía enfermo y pesado.

—Vamos —repitió.

Ella recogió el bolso rojo y lo cerró, apartando un trozo de carne salada que sujetó entre los dientes mientras deslizaba los brazos por las correas. Él salió delante, escalando la empinada cuesta por la que habían bajado, hasta que llegó al camino que entraba en el bosque desde Paso Alto. Una vez allí, dobló a la izquierda.

Después de alcanzarlo con un considerable alboroto de hojas secas y ramas quebradas, Irena dijo:

—¿Adónde vas?

—Al portal —respondió él señalando un punto hacia la izquierda del camino—. Está por allí abajo.

—Sí. Pero este camino...

Él supo que ella se refería, aunque no quería decirlo, al camino de aquella cosa blanca y que gritaba.

—Va en la buena dirección. Cuando se desvíe, cruzaremos campo a través hacia el camino sur.

Ella no discutió. Parecía preocupada, pero era inútil estarlo; no importaba cómo ni adónde fueran. Hugh continuó caminando, y ella detrás de él.

La senda era débil, pero bastante clara, llana, sin caminos laterales o confusas huellas de ciervos. Iba hacia el sur, aunque torcía a izquierda y derecha en curvas más o menos cerradas a medida que recorría las vaguadas y la musculatura de la ladera. Los árboles eran altos y delgados, y crecían muy juntos. A menudo se veían formaciones rocosas, protuberancias de granito, y ocasionalmente declives de roca desnuda que bajaban hacia el camino. Debajo de los árboles, donde la tierra era más blanda, las agujas de los arbustos, barridas fuera del sendero, dejaban marcas como huellas. Al advertirlo, Hugh pensó en el cuerpo arrastrándose sobre las piernas pesadas, hinchadas, pálidas y rugosas. Corría erguido, como corre un hombre, y, a pesar del tamaño y peso, se movía con gran rapidez, y gimiendo como si padeciera. Una vez que Hugh permitió que le entrase en la mente, la imagen no lo abandonó. Le pareció que en el aire había un olor vagamente familiar, no, íntimamente familiar, pero no podía identificarlo. En verano, algunos arbustos daban flores blancas que olían así, a semen, eso era, el olor dulce y apagado del semen. Siguió caminando y caminando, y no llevaba en la mente más que el interminable momento de la visión de la cosa blanca, corriendo por encima de él en aquel camino.

Un pequeño arroyo atravesó el sendero; venía de lo alto de la montaña. Hugh se detuvo a beber; estaba sediento. La muchacha se le acercó. Él había olvidado hacía tiempo que ella estaba allí, detrás de él, siguiéndolo. El brillo del agua y el reflejo del rostro de Irena se interpusieron entre él y la imagen de la cosa blanca. Después de beber, ella se lavó la cara, los brazos y la nuca, quitándose los restos de tierra y sangre. Él la imitó, y el contacto del agua fría lo animó un poco, aunque la mente le funcionaba con lentitud y todo le parecía monótono y opaco, sin significado, indiferente.

Ella estaba diciendo algo.

—No lo sé —dijo él, al azar.

Por un momento vio los ojos de la muchacha, oscuros y brillantes en la amorfa luz crepuscular bajo los árboles.

—Si aún estamos en el lado este de la montaña, entonces el sur está allí —indicó ella—. El camino al portal. Pero el camino da tantas vueltas... Me estoy confundiendo. Si vamos a dejar este camino, tendríamos que hacerlo ahora, mientras conservo el sentido del..., de donde está el portal. —Lo miró de nuevo.

—Tendríamos que seguir por el camino —dijo él.

—¿Estás seguro? —preguntó ella con alivio.

Él asintió y se puso de pie. Atravesó el pequeño arroyo y siguió, bajo los sombríos y apretados árboles. No había distancias, no había opción, no había tiempo. Continuaron. Ahora el camino descendía gradualmente. Las curvas llevaban más a la derecha que a la izquierda, a medida que recorrían el sólido contorno de la montaña. Se hará más oscuro cuanto más nos acerquemos al oeste, pensó Hugh.

Irena lo tomó del brazo indicándole que se detuviese. Él se detuvo. Quería que se sentara y compartiera la comida con ella. Él no tenía hambre y no podía quedarse allí mucho tiempo, pero era agradable descansar un poco. Se levantó y continuaron. Rápidas corrientes atravesaban el arroyo aquí y allá, en los oscuros recodos del cañón, y Hugh se arrodilló para beber en cada una de ellas, pues siempre tenía sed y sentía que el agua lo animaba. Levantaba los ojos y entre la urdimbre de oscuras ramas veía el cielo, y miraba a su lado el rostro severo, tranquilo y suave de la muchacha arrodillada al borde del arroyo; escuchaba el suspiro del viento por encima y por debajo de ellos en la ladera. Tenía conciencia de aquellas cosas, y quizá de los pequeños helechos y plantas acuáticas junto a las manos. Entonces se ponía de pie y seguía caminando.

Llegaron a un lugar donde el aire era más liviano, y había un grupo de árboles de corteza clara y hojas redondas. Allí el camino se bifurcaba. Un ramal se desviaba hacia la izquierda, colina abajo; el otro seguía en línea recta.

—Ese tal vez lleve al camino sur —dijo Irena, pero él

supo, por el modo en que ella había dicho «ese de ahí», que no era el camino correcto.

—Tendríamos que seguir por aquí.

—No se desvía. A estas alturas debemos de estar yendo hacia el oeste. Lo más probable es que no haga más que rodear la montaña y regresar al Paso Alto.

—No importa —dijo él.

—Estoy cansada, Hugh.

Hacía poco que se habían detenido para descansar y comer. Él quería seguir, pero se sentó a esperar en la bifurcación, debajo de los árboles, mientras ella comía. Siguieron. Al llegar a un arroyo se detuvieron un instante a beber.

Ahora el camino subía. Esas eran las únicas direcciones: izquierda y derecha, cuesta arriba y cuesta abajo. El sentido del eje se había perdido hacía tiempo, carecía de significado. No había portal. El camino se hizo muy empinado, y zigzagueaba cerca de los barrancos que delineaban la mole de la montaña, siempre cuesta arriba.

—¡Hugh!

En el silencio el nombre que él odiaba llegó desde lejos. El viento había cesado. No había sonido alguno. Cállate, pensó él, con una apagada pulsión de ansiedad, ahora tienes que callarte. Se detuvo de mala gana y se volvió. Por un momento no vio a la muchacha. Había quedado muy rezagada, su rostro era apenas una mancha blanca en el empinado sendero. Unos pasos más y la habría perdido de vista. Tal vez habría sido lo mejor. Pero se detuvo a esperarla. Tardó en llegar, se afanó por la cuesta, esa era una palabra de libros, afanarse, trabajar, era un duro trabajo subir aquel sendero. Ella estaba agotada. Él no se sentía cansado; solo era duro cuando se detenía y se quedaba quieto, como en ese instante. Si hubiese podido continuar, habría continuado para siempre.

—No puedes seguir así —dijo ella entre jadeos cuando por fin lo alcanzó.

—Ya no está muy lejos —dijo él.

—¿Él qué?

No hables, quiso decirle. Logró susurrar:

—No hables. —Y reemprendió la marcha.

—¡Hugh, espera!

El grito estaba cargado de angustia. Él se volvió de nuevo. No sabía qué decirle.

—Todo está bien —dijo—. Espera aquí un poco.

—No —dijo la muchacha, mirándolo—. No si tú sigues.

Lo adelantó por el estrecho sendero con paso sobresaltado. Él la siguió. El camino torcía, subía, y volvía a torcer, bajo los pinos, y los sombríos rostros de las rocas. Después de una curva que desembocaba sobre inmensos, oscuros y precipitados bosques, vieron a sus pies la tierra del ocaso, ensombreciéndose en el oeste distante. Siguieron andando montaña arriba, bajo árboles, entre hojas y ramas. A la derecha, las paredes de la cumbre se proyectaban sobre el camino. Continuaron. La vegetación parecía cada vez más seca y rala. Ahora el suelo era llano y rocoso.

El paso de Irena se volvió vacilante. Se detuvo. Caminó y se detuvo otra vez. Cuando Hugh se acercó, ella señaló en un susurro.

—Allí.

Estaban frente a la pared de un risco, y el camino

pasaba alrededor, estrechándose. Hugh avanzó y al doblar la curva vio en la ladera del risco un muro de piedra. La boca de una caverna se abría en el muro. Era allí. Aquel era el sitio. Se quedó mirando el agujero en la roca sin miedo ni emoción. Había llegado. Por fin. De nuevo. Se había pasado toda la vida llegando, sin alejarse nunca.

Solo restaba caminar el trecho que lo separaba de aquel lugar, oscuro desde el comienzo y hasta el fin de los tiempos, y entrar en él.

Echó a andar.

Ella se le adelantó, corrió sendero abajo y se detuvo ante la entrada de la cueva, tomó una piedra y la arrojó hacia la oscuridad, gritando:

—¡Bueno, ya está, sal de ahí! ¡Sal! ¡Sal!

—¡Regresa! —dijo Hugh, alcanzándola en tres zancadas.

Sujetando la funda con la mano izquierda, desenvainó la espada con la derecha, pues no había otro recurso. De las frías profundidades de la cueva salió un aullido terrible. Y el rostro que no era rostro, blanco y ciego, se lanzó hacia afuera, embistiendo a tientas. Agarrando la empuñadura con ambas manos, Hugh hundió la espada en el vientre arrugado y luego la empujó hacia abajo con todas sus fuerzas. La criatura lanzó un alarido de dolor; entre borbotones de sangre pálida y viscosos intestinos, retrocedió encogiéndose, le arrebató la espada de las manos, y se desplomó sobre Hugh aplastándolo cuando él trataba, demasiado tarde, de arrojarse a un costado hacia el claro de árboles.

8

Aún se movía. La agitación de los brazos —pequeños, como las patas delanteras de un lagarto, en contraste con la masa del cuerpo, pero de forma humana— era rítmica, un reflejo involuntario. Brazos humanos, brazos de mujer; y aquello eran senos, puntiagudos como las tetillas de una marrana, entre los brazos y a la altura del vientre; mientras duraron los espasmos del cuerpo, la herida quedó a la vista, una y otra vez, y también la empuñadura de la espada, que sobresalía de la herida. Irena, que estaba de rodillas, apoyando las manos en el suelo, se acercó y vomitó sobre las piedras y el polvo. Cuando pudo incorporarse un poco comenzó a arrastrarse, alejándose de la criatura moribunda y del hedor del vientre abierto. Pero Hugh yacía allí, debajo de aquella cosa, ¿cómo iba a dejarlo? Pero también él estaba muerto, o moribundo, y ella estaba aterrorizada, nada podría hacer. Ni siquiera levantarse. Seguía temblando y haciendo un ruido raro, un «ao, ao». Cuando se acercó lo suficiente a aquellos brazos en espasmódico crispamiento, tanto que podía verle las entrañas deslizándose unas sobre otras en el interior de la herida, y a Hugh, bocarriba, clavado al suelo por la enormidad de la pierna y el resto del cuerpo arrugado, Irena no encontró ni siquiera de dónde cogerlo. Tampoco podía empujarlo hacia fuera. Tenía que mover al monstruo, tratar de quitárselo de encima. Cuando puso las manos sobre el flanco blanco y arrugado dejó escapar un grito.

Estaba frío, un frío de cosa muerta. Estaba inerte y rígido, y los espasmos lo recorrían mecánicamente. Irena empujó, con el mentón contra el pecho y los ojos cerrados, llorando. Se movió un poco, giró despacio hasta quedar bocarriba y liberar el cuerpo de Hugh, tendido en un derrame de pecina y sangre. Los brazos delanteros, blancos y delgados, quedaron levantados. Los espasmos, más débiles y rápidos, continuaron un tiempo mientras ella se acurrucaba junto a Hugh, que seguía bocarriba, con ambas piernas dobladas hacia un lado, el rostro enmascarado, velado por la sangre. Trató de limpiarle la cara con las manos, despejarle la nariz y la boca porque respiraba —un aliento jadeante, entrecortado—, pero yacía inmóvil y tenía la cara fría. El monstruo había caído y había pasado demasiado tiempo encima de él; le había congelado y endurecido la vida. Estaba roto. Si hubiese podido sacarlo de aquel caos, de la sangre y los intestinos reventados y la masa blanca y espasmódica que ella no quería ni mirar, si tan solo hubiera podido llevarlo a otra parte y limpiarlo y hacer fuego y calentarse, calentarse los dos. Pero no era capaz de moverlo. Si se había roto la columna podría matarlo en el intento. Ni siquiera se atrevió a moverle las piernas, temiendo que estuvieran fracturadas.

—¿Qué hago? —gimió en voz alta, y sintió la lengua seca e hinchada dentro de la boca.

Hacía tiempo que tenía sed, kilómetros antes de llegar a la cueva, durante las horas que Hugh caminó con aquel paso regular y despiadado, sin parar ni un momento, impulsado o atraído, y ella solo había aceptado permanecer junto a él porque sabía que ninguno de los dos lograría salir solo de aquella tierra. Y el camino había subido y subido, y luego no hubo más arroyos, y llegaron a la cueva. Pero sentía la boca como de yeso resecado, y tenía que haber agua en algún sitio. Se sentó sobre los talones, miró con ojos que apenas veían hacia el rellano de piedras en la brecha oscura de la entrada, las desnudas pendientes y crestas en lo alto, las copas de los árboles y los riscos que se alzaban al otro lado del desfiladero. Ni por asomo miraba a la cosa blanca, pero el temblor de los brazos seguía siempre en el borde de su campo visual; casi había cesado, era ya un escalofrío continuo. Trató de limpiarse las manos en las piedras, pues las tenía pegajosas, cada vez más, de sangre y pecina. Oyó que la respiración volvía a la garganta de Hugh. Movió las manos y tosió, un ruido pequeño y fino, como de niño. Abrió los labios, y luego los ojos. Al principio no había vida en ellos, pero, cuando ella se acercó y lo llamó, él la miró, y ella le vio los ojos azules, el alma viva.

—¿Te puedes mover, Hugh? ¿Podrás sentarte?

La respiración le silbaba en el pecho.

—No puedo respirar —dijo con voz muy débil.

—No te preocupes. Te habías desmayado. Si pudieras moverte podríamos irnos de aquí. Yo no puedo moverte.

—Gordo —respondió él—. Espera. —Cerró los ojos, los abrió casi al instante, cerró los labios y se alzó apoyándose en los codos; la cabeza le colgaba sobre el pecho—. Espera —dijo, a ella, o a él mismo.

—Eso es —le contestó Irena—, así se hace.

Hugh se irguió hasta quedar de rodillas, tambaleante, y así permaneció un rato. No parecía darse cuenta del lugar donde estaba, ni veía la cosa muerta que se estremecía junto a él; no podía ir más allá de su propio cuerpo. Trató de levantarse e Irena lo ayudó poniéndole el hombro bajo el brazo a modo de muleta. Pesaba mucho, se tambaleaba, no veía. Ella lo guio en un entrecortado arrastrar de pies para rodear a la criatura dragón, cruzar el rellano, pasar frente a los delgados árboles que crecían junto a la pared de la cueva. Allí empezaba el camino. Casi de inmediato doblaba a la izquierda y hacia abajo, en una pendiente tan empinada que Hugh no lograba evitar algún resbalón. Al menos habían dejado atrás la cueva. Irena estaba a punto de dejarlo sentado o echado en el sendero mientras ella iba a buscar agua cuando oyó el ruido de una corriente de agua; y se le ocurrió que ese ruido lo había oído todo el tiempo que pasó en la pedrera frente a la cueva. Consiguió al fin que Hugh reanudase el ritmo. Del otro lado de la curva el camino se extendía entre altos helechos. El agua lo cruzaba con una delgada película transparente que corría sobre los cantos rodados y se perdía cuesta abajo entre helechos y musgos.

—Aquí —dijo.

En cuanto dejó de sostenerlo, Hugh volvió a caer de rodillas.

—Acuéstate —dijo Irena, y él se dejó ir de costado entre los helechos.

Irena bebió y se lavó las manos y la cara en el pequeño y claro riachuelo, y le dio a Hugh de beber de sus manos, a sorbos. Trató de que se sentara para poder quitarle el abrigo. Hugh no ayudaba.

—Está todo cubierto de sangre y tripas, Hugh, huele mal...

—Tengo frío —dijo él.

—Tengo una manta, una capa. Está seca, estarás más abrigado.

La resistencia de Hugh no era consciente, y ella consiguió al fin quitarle el abrigo de cuero. Dos veces él gritó de dolor mientras ella intentaba sacárselo de los hombros, lo que le hizo pensar que se habría fracturado o dislocado un hombro, o que tenía lastimado el brazo; pero él dijo con toda claridad:

—No pasa nada.

Tenía la camisa toda pegajosa por delante, de un pálido rojo parduzco; también se la quitó. No veía en él ninguna herida. Los hombros, los brazos y el pecho tenían un aspecto pesado, liso y fuerte, muy blancos a la luz crepuscular de aquel lugar rodeado de helechos. Lo envolvió en la capa roja, y cuando terminó de lavarlo usó la camisa para limpiarle mejor la cara, el cuello y las manos; luego la volvió a enjuagar, ansiosa y más tranquila por el contacto, el frío y la transparencia del agua. Cuando lo dejó en paz, él se tendió con los ojos cerrados. La respiración era aún entrecortada pero serena. Ella se sentó a su lado y apoyó la mano en la de él, para tranquilidad de los dos.

La inmensa garganta que se veía desde allí estaba en calma. La montaña entera estaba en calma, excepto por la música constante del riachuelo.

Era un buen lugar, aquel escondrijo al lado del camino: los helechos, los cantos rodados, la película y el brillo del agua, las ramas de los abetos, regulares y oscuras. Irena alzó los ojos. El camino había dado una vuelta en redondo: seguramente estaban justo debajo de la plataforma de piedra y la boca de la cueva. Seguramente el riachuelo nacía bajo el suelo de la cueva. Allí salía a la luz. Aquí estaban frente a la cueva, pero más allá de ella, pasada la cueva. Nunca se piensa en pasar de largo junto al dragón, se dijo Irena. Solo se piensa en llegar hasta él. Pero ¿qué pasa después?

Comenzó a llorar de nuevo, sin ruido, sin dolor. Las lágrimas le corrían por la cara en una película de agua del riachuelo. Pensó en los brazos abominables, lastimosos, en los pechos blancos y puntiagudos; escondió la cara entre los brazos y sollozó. He pasado por el lugar del dragón y no puedo regresar. Tengo que seguir. Era mi casa, la luz en la ventana, el fuego en el hogar. Yo allí era una niña, yo era la hija, pero ya ha pasado. Ahora solo soy la hija del dragón y la niña del Rey, la que tiene que ir sola, seguir, porque no hay hogar a mis espaldas.

El agua seguía cantando, menuda y resuelta. Irena terminó por ovillarse para dormir, exhausta. El lugar donde estaban era muy húmedo: los helechos eran hielo al tacto, la tierra rezumaba humedad. No conseguía calentarse. No había nada alrededor con lo que pudiera hacerse un fuego, y ella estaba demasiado cansada, ahora que se había relajado, para ir a buscar madera y hacer un fuego.

Hugh yacía profundamente dormido. Se había vuelto hacia un costado, con la cara parcialmente apoyada en el suelo y los brazos cubriéndola para darse calor. Una esquina de la capa roja se había enganchado en los helechos y se soltó. Irene se arrastró por debajo, con su espalda contra la de Hugh. Así no estaba cómoda. Se volvió y le pasó un brazo por el costado, bajo un pliegue de la capa. Aquello sí era calor, eso era comodidad. Al fin se durmió, como una piedra que cae.

Al despertar permaneció un rato envuelta en el calor, acunada por el ritmo suave de la respiración de Hugh y la de ella, completamente tranquila. Los recuerdos comenzaron a tomar forma, insinuándose como los meandros y las piedras del riachuelo; de nuevo volvió a correr por el estrecho y empinado camino que llevaba a la boca de la cueva, gritando desafíos, y, otra vez, resbaló en las piedras y cayó... y se incorporó hasta quedar sentada, forcejeando para librarse de los pliegues de la capa roja. Permaneció un momento ahí, adormilada aún, y miró alrededor, los helechos y el arroyo, los árboles, garganta abajo, las profundidades azuladas y las distantes siluetas de los cerros, el cielo descolorido. Se arrastró hasta el arroyo y se agachó para beber donde el agua saltaba sobre una piedra gris, y se lavó la cara y la nuca despejándose las ideas; luego siguió camino abajo y se internó entre los árboles para orinar.

Al volver encontró a Hugh sentado, enfundado en la capa, encogido hacia delante. El pelo rubio, grueso, basto, endurecido por los intentos de Irena de lavarle la sangre, se le alzaba erizado sobre la cabeza; Hugh tenía un aspecto pesado y macilento. Tardó un buen rato en responder cuando ella le preguntó cómo estaba.

—Bien —dijo—. Frío.

Sacó pan y carne para los dos. Ella le ofreció una parte, pero Hugh no sacó la mano de la capa. Se encogió lastimosamente.

—Ahora no —dijo.

—Vamos. No comiste nada... ayer, o cuando fuera.

—No tengo hambre.

—Entonces bebe algo.

Hugh asintió, pero no se movió para ir a beber al arroyo. Al cabo de un momento dijo:

—Irena.

—Sí —dijo ella, masticando cordero ahumado. Estaba muerta de hambre y ya miraba la porción intacta de Hugh.

—Él. ¿Dónde...?

—Allí arriba —dijo ella, señalando hacia la pendiente cubierta de vegetación que subía del arroyo. Hugh levantó la vista con dificultad.

—¿Cómo...?

—Estaba muerto.

Hugh se estremeció: ella vio cómo el temblor le recorría el cuerpo. Sintió lástima por él, pero en aquel momento su principal preocupación era la comida.

—Come algo —le dijo—, está tan bueno... No tendríamos que tardar demasiado en irnos. Si te encuentras bien...

—Irnos —repitió él.

Irena mordisqueó un pedazo de pan duro y seco.

—Lejos. Fuera. Al portal.

Él no dijo nada. Cogió una tira de carne seca, la mordisqueó sin mucho entusiasmo y renunció a seguir comiendo. Se acercó al arroyo a beber. Se movía con dificultad, y tardó un rato en agacharse para beber. Pasó mucho tiempo bebiendo. Por último, se levantó trabajosamente, sosteniéndose la capa roja sobre los hombros.

—Necesito mi camisa, o algo —dijo.

—Ve a ver si está seca. Tuve que lavarla. Tu abrigo también.

Hugh se miró los pantalones, duros y oscurecidos por franjas de sangre seca; tragó saliva.

—De acuerdo. ¿Dónde está? —Vio la ropa donde ella la había dejado a secar, extendida sobre un helecho. Se quitó la capa para ponerse la camisa.

Irena le miraba la belleza de los brazos fuertes y lustrosos, el cuello. Sintió lástima y admiración.

—Has matado al dragón, Hugh —dijo.

Él terminó de abotonarse la camisa, y después de un momento se volvió hacia ella. Se mantuvo inmóvil entre las piedras grises y los helechos arqueados; y ella inmóvil entre piedra y helecho, mirándose los dos.

—Tú ibas delante de mí —dijo lentamente, reconstruyendo el momento en que llegaron a la curva del camino alto—. Bajaste corriendo... gritaste: «Sal de ahí». ¿Cómo fue que...? ¿Qué te llevó a hacerlo?

—No lo sé. Estaba harta de tener miedo. Me enfadé mucho. Cuando vi la cueva. Cuando la vi supe que ella estaba allí y que tú irías a por ella, entrarías para no volver nunca, y yo no lo podía soportar. Tenía que hacer que saliera.

Hugh se metió el bajo de la camisa en el pantalón, haciendo muecas de dolor con cada movimiento.

—Lo llamas «ella» —dijo.

—Era... —Irena no quería hablar de los pechos ni de los brazos delgados.

Hugh meneó la cabeza. Los dos parecían enfermos; estaba cada vez más pálido.

—No, era... la razón por la que tuve que matarlo... —dijo, y entonces extendió una mano, buscando apoyo, y se tambaleó sin moverse de donde estaba.

—Es igual. Está muerto.

Se quedó quieto, con el rostro vuelto hacia un costado, mirando el arroyo.

—¿Y la espada...?

—El cinto y la vaina están por ahí, en los helechos. La espada está...

El malestar de ella tuvo que parecerle tan grande como el suyo, pues la interrumpió.

—No la quiero.

—Hugh, creo que deberíamos seguir. Yo quiero marcharme. Si tú te sientes lo bastante bien.

—¿Qué fue lo que me pasó, a todo esto?

—Te cayó encima.

Hugh respiró hondo; estaba desconcertado.

—¿Sientes que te hayas roto algún hueso, o algo?

—Estoy bien. No consigo entrar en calor.

—Tendrías que comer. —Sacudió la cabeza—. Tal vez podríamos seguir entonces. Esto es muy húmedo. Quizá caminando puedas calentarte.

—Sí —dijo él mientras bajaba al lugar donde habían dormido entre los helechos.

Irena ordenó las cosas: cerró el paquete de comida y el abrigo de cuero mojado de modo que pudiera cargarlo cómodamente y le dio a Hugh la capa roja.

—Póntela bien; verás, se abrocha en el cuello. Yo te llevaré el abrigo hasta que se haya secado. —Hugh se movía con tanta torpeza que ella preguntó—: ¿No te duele el hombro?

—No, es en el costado, supongo que me he torcido algo.

—¿Te molesta para caminar? —le preguntó ella alarmada.

—Se me pasará en cuanto haya entrado en calor —dijo Hugh, como pidiendo disculpas.

—No sé dónde estamos —respondió Irena.

Estaban en el camino, justo al otro lado del arroyo susurrante que cruzaba y caía cuesta abajo entre raíces de árboles, musgo y helechos.

—La única forma de saber adónde vamos sería seguir el camino por el que hemos venido. —Irena apuntó cuesta arriba, hacia la cueva. Pasar eso de largo, volver al Paso Alto, regresar al pueblo y de ahí al camino sur.

—No —dijo Hugh.

—Bueno —dijo ella, muy aliviada pero incapaz de admitirlo—. Yo tampoco querría. Es un camino horriblemente largo. Pero no sé cómo ir al portal desde aquí.

—Si bajamos —dijo él—, tal vez volvamos a encontrar la orientación del eje, la dirección.

—De acuerdo. Si este es el flanco sur de la montaña, el camino lleva al este. Si podemos mantener el rumbo hacia el este o el sudeste, tendríamos que cruzar Río Tercero en algún sitio. Seguir Río Tercero hasta la carretera;

y de ahí al portal. Tendría que ser mucho menos largo que el camino de regreso.

Hugh asintió; y ella echó a andar por el sendero, bajo la filigrana de los abetos abigarrados. Caminar la reanimaba; la reanimaba la decisión de no desandar el camino; había temido que él hubiera querido hacerlo. «Ir sin mirar atrás...».

Las siluetas blancas se alzaban silenciosas en el camino del crepúsculo, desde hacía mucho tiempo, y siempre, invariablemente...

El camino era angosto y pedregoso, y descendía en una suave pendiente. Era agradable caminar, deshacer los nudos y calambres de brazos y piernas; respiraba con facilidad. En todo aquel trayecto interminable desde el Paso Alto y hasta la cueva, en todo aquel día o días de miedo y caminar y caminar, no había podido respirar bien: había sentido una presión en el fondo de los pulmones. Ahora respiraba con un placer tan profundo como si bebiera agua fresca. Respiro, soy respirada, soy respiración; soy así, así. Camina, pues, sigue por la tierra, soy tierra, aliento, y debajo de todo, alegría.

Hacía tiempo que caminaban cuando el sendero alcanzó el fondo de la garganta. Había allí una oscuridad crepuscular, un arroyo silencioso que corría bajo arbustos y helechos colgantes, y un vado resbaloso, apenas visible. Irena advirtió que Hugh caminaba con dificultad. Vio que en ese lado del cañón el sendero torcía hacia atrás, al oeste.

Si aquello era el oeste.

Toda la confianza se le derrumbó en aquel lugar oscuro y resbaladizo. Si habían llegado más lejos de lo que ella creía, y si la cueva del dragón estaba en el flanco oeste de la montaña, entonces había perdido todo sentido de la orientación. Estaban en una tierra de la que ella no sabía nada. Anirotembre, la tierra tras la montaña; el nombre era lo único que le habían dicho. Si había pueblos, nunca los citaron. ¿Qué había dicho Hugh una vez sobre el oeste? Algo del mar. Eso no servía. Tenía que decidir qué hacer. El sendero que transitaban bien podía ser un círculo. Era el mismo que recorrían desde que salieron de Paso Alto, era el camino del dragón. Es posible que fuera zigzagueante, que entrara y saliera de los barrancos, que subiera y bajara las pendientes para terminar volviendo a Paso Alto. Días caminando, quizá, y Hugh ya de pie allí, con la cabeza algo inclinada, contento de detenerse un momento. De nada servía girar en redondo. Tenían que desviarse del camino del dragón, y salir.

—Creo que tal vez tendríamos que dejar aquí el camino —dijo, hablando en voz baja, pues aquel lugar profundo inspiraba miedo—. Tenemos que mantenernos yendo hacia el este.

Hugh alzó la vista hacia las sombrías pendientes que se cernían sobre ellos.

—Fuera del camino será difícil mantener el rumbo.

—Este río corre hacia el oeste. Creo. Podríamos seguirlo.

—Bueno.

—Supongo que irá al este —dijo quedamente—. No lo sé.

—No hay forma de saberlo —asintió Hugh—. Yo no llegaría a ningún sitio —dijo, mirándola entre el aire oscuro—; solo no llegaría.

—Entonces saldremos —dijo Irena—. Puede ser. Si tan solo este río corriera en la buena dirección...

—No es ningún río, es un arroyo —dijo él amablemente.

—Yo a todos los llamo ríos. ¿Quieres descansar aquí un rato?

—No. El suelo es demasiado húmedo. Sigamos.

Era inquietante salir del sendero deliberadamente, como si uno supiera por dónde ir. Al menos la marcha no fue difícil al principio. En aquel lado de la garganta los árboles eran casi todos grandes y añosos abetos sin muchas malezas entre los troncos. Las pendientes eran empinadas. Irena no tardó en lamentar no tener la pierna derecha un poco más corta. Pero avanzaban a buen paso, y ya había más luz.

El arroyo empezó a correr sobre un curso más empinado. Ella no intentó seguir junto al agua, y caminó por la cresta de la estribación, donde andar era más fácil, y la dirección, la misma del agua. Tenía la esperanza de ver el camino desde lo alto, pero, como siempre, los árboles se alzaban demasiado cerca. ¿Habían hecho mal dejando el camino? Tal vez, pero ella no iba a volver atrás. Todo lo que podían hacer era correr el riesgo. Tenía hambre. Parecía demasiado pronto para detenerse, hasta que pensó en el lugar bajo la cueva, donde habían dormido, hacía horas. Lo habían dejado muy atrás en la montaña. Se dio vuelta y dijo a Hugh, que caminaba pesadamente detrás de ella:

—Querría descansar.

Hugh se detuvo en seco. Miró alrededor y apuntó hacia un claro horizontal que se abría entre las raíces de dos árboles enormes y castigados. Caminaron hacia allá. Él llevaba la capa roja, que le daba aspecto de abuela visto desde atrás; pero de frente tenía un aire solemne. Encontraron buenas raíces donde sentarse, e Irena desató y abrió el paquete de la comida.

—He pensado que tal vez tendríamos que comer poco ahora, y que la próxima vez que paremos comamos más. ¿Tienes ya mucha hambre?

—No tengo nada de hambre.

—Come algo, de todos modos.

Repartió unas porciones que se le antojaron vergonzosamente magras, guardó el resto, y se puso a comer. Le pareció que masticando despacio lo haría durar, pero acabó enseguida, se quedó sin nada antes de que él hubiese comido la mitad de lo suyo. Ni siquiera se había comido el pan. Lo miró con desasosiego. Estaba pálido, pero el aspecto macilento se debía más que nada a una barba sin afeitar. No parecía agotado. A decir verdad, se veía bien y satisfecho, mirando entre los árboles. Sintiendo evidentemente la mirada de ella, él la miró también.

—¿Trabajas, o estudias, o qué? —preguntó.

En un principio la pregunta le pareció absurda, insensata, Irena no sabía qué decir, perdida allí, en la montaña del dragón. Pero, luego, el impulso de Hugh se instaló también en ella, y terminó por no ver nada extraño en la pregunta.

—Trabajo. Para Mott & Zerming. Soy mensajera.

—¿Eres qué?

—Mensajera. Tienen una cantidad de sucursales y asociados en la ciudad, y mucha correspondencia y memoranda, y muchos planos y cosas por el estilo, en parte hacen asuntos de ingeniería, y les sale más a cuenta contratar gente que les lleve las cosas de un sitio a otro que utilizar el correo. Es una empresa muy grande. Pero todavía no salen de la ciudad, y el señor Zerming sigue siendo en gran parte el jefe. Prefiere contratar a gente que tenga su propio coche. Pero la gasolina es gratis.

—Qué locura —dijo Hugh con aprobación—. ¿Así que te pasas el día conduciendo?

—Según para qué cosas es más fácil ir a pie, las oficinas del centro. O ir en autobús. A veces paso el día en el coche. Es un poco raro. Me gusta porque voy sola y lo hago a mi manera. Odio hacer las cosas cuando alguien me dice cómo hacerlas.

—Es lo que tienen casi todos los trabajos.

—El problema con este es que en realidad es un trabajo de niños. No parece de verdad, ¿sabes? A decir verdad, nunca se hace nada. Vas y vas y no llegas a ninguna parte.

—¿Qué te gustaría hacer?

—No sé. Este no me molesta, ¿sabes?, está bien. Es un trabajo. Pero supongo que lo que una persona hace es algo distinto. Tendrá que serlo. Como una granja. O dar clases. O dedicarse a los críos. Pero no estoy para eso. Hay que tener tierra de verdad y un tractor. O un título de maestra o de enfermera o lo que sea.

—Puedes hacer cursos nocturnos en una escuela municipal —dijo él, meditabundo—. Y trabajar de día. Comenzar, de alguna manera. Si...

—Suena como si ya lo hubieras pensado. ¿Habría que ir a una escuela especial?

—¿Para qué?

—Para trabajar en bibliotecas, como tú dijiste.

La miró de nuevo, con una mirada lenta.

—Correcto —dijo, y ella supo, más allá de toda duda o razón, que había reconocido algo ignorado hasta entonces, que había hecho algo absoluta y permanentemente correcto. No supo qué era, pero el efecto le pareció delicioso.

—Increíble —dijo—. Tantos libros. ¿Qué harías con tantos?

—No lo sé —dijo Hugh—. Leerlos, ¿quizá?

La suya fue una sonrisa de pura buena fe. Ella se rio. Los dos se miraron, y desviaron los ojos. Se quedaron un momento en silencio.

—Si estuviera segura de que de verdad estamos yendo hacia el este, ¡me sentiría tan bien! ¿Te estás sintiendo bien ahora?

—Muy bien.

Él siempre hablaba en voz baja, pero ella era consciente de que había una velada resonancia en la voz de él; una bonita voz cantarina, quizá.

—Esta parte me duele muchísimo —observó con cierta sorpresa mientras se examinaba el costado izquierdo con dedos cautelosos.

—Déjame ver.

—No pasa nada.

—Bueno, pues déjame ver. Ya me parecía que estabas como muy tieso de ese lado.

Hugh trató de levantarse la camisa, pero no podía alzar el brazo izquierdo. Se desabotonó la camisa. La situación le parecía embarazosa, y ella trató de actuar con naturalidad, como un médico. A la altura del codo, en el borde de la caja torácica, tenía un cardenal negro verdoso del tamaño de una tapa de lata de café.

—Dios mío —dijo.

—¿Qué es? —preguntó él, aprensivo; no podía vérselo con claridad.

—Una magulladura, supongo. —Pensó en la empuñadura de la espada saliendo del vientre de la criatura blanca. Sintió que el cuerpo se le oscurecía y encogía—. De cuando la..., cuando te cayó encima. —Toda la piel alrededor de la lívida contusión estaba amarillenta, y de allí hasta el esternón se extendían otras magulladuras y líneas pálidas—. No me extraña que te duela —dijo ella. Sintió el calor de la contusión en la punta de los dedos antes de que, muy delicadamente, la tocara.

Él le cogió la mano. Irena pensó que le habría hecho daño y alzó los ojos. No se movieron, ella de rodillas y él sentado con una pierna recogida.

—Tú me dijiste que no te tocara nunca —dijo él, con voz ronca.

—Eso era antes.

Hugh tenía los labios distendidos y abiertos; el rostro parecía absorto, profundamente serio, como Irena lo había visto antes. Había visto en otros hombres esa misma máscara; eso los hacía a todos parecidos, y ella escondió la cara. Ya sin miedo, aprensiva pero curiosa, volvió a mirarlo, y le tocó la boca y la depresión de las sienes a la altura de los ojos, con la misma delicadeza con que le había tocado la magulladura, queriendo conocer aquel dolor y aquel deseo. Él la atrajo hacia sí, pero torpe y tímidamente, hasta que ella alzó los brazos, sintiéndose ir con la levedad y rapidez del agua. Entonces él la sujetó y la montó, dominando; pero la fuerza de ella retuvo y contuvo la de él.

Cuando él la penetraba, cuando ella era penetrada, los dos llegaron juntos al clímax, y luego yacieron juntos, mezclados y fundidos, pecho contra pecho, con los alientos mezclados, hasta que él creció otra vez dentro de ella y ella se cerró sobre él, los dos habitados por el pulso largo de la dicha.

Hugh yacía allí, los ojos cerrados y la cabeza a un costado, más que medio desnudo. Irena tocó la línea larga y espléndida que iba desde las caderas hasta el cuello, le miró el vello peculiarmente inocente, rubio y sedoso de las axilas.

—Estás frío —le dijo, y logró tirar de la capa roja y cubrirlos a los dos.

—Tú eres preciosa —dijo él, y sus manos trataron de describir esa belleza con caricias sin urgencia, tiernas, adormiladas.

Yacía con la cara apoyada en el hombro de Irena. Medio dormida, ella vio las inmóviles hojas de los abetos contra el cielo sereno. El consuelo que se daban mutuamente era muy grande, pero no tenían otro. El suelo era áspero. Sintió que un estremecimiento recorría a Hugh, dormido. Se apartó de él. Él protestó, la llamó, volvió a caer dormido durante un instante.

Irena se vistió, también ella estaba un poco aterida, y, cuando él se levantó, ella lo ayudó a ponerse el abrigo de cuero, que por fin estaba bastante seco, y encima la capa.

—Es el shock lo que te hace sentir tanto frío.

—¿El shock de qué? —preguntó él con una sonrisa plácida.

—Calla. Sí que es eso lo que te ha enfriado..., el shock de la herida.

—Creo que hemos descubierto cómo llegar a calentarnos.

—Sí, de acuerdo, pero no vamos a llegar al portal aquí acostados y haciendo el amor, Hugh.

—No sé si podremos llegar hasta allí de pie y caminando —dijo él—. Al menos podremos disfrutar de las paradas —agregó, y entonces la miró para asegurarse de no haber dicho algo inconveniente.

La modestia de Hugh y su vulnerabilidad eran para ella admirables. Ella era mucho más cruda que él, pensó, y si él la hubiese juzgado seguramente la desaprobaría; pero él no la juzgaba. Él no se acercó a ella con juicios, o un lugar para ella o un nombre o una utilidad. Él llegó no trayendo otra cosa que necesidad y fuerza.

La estaba mirando. Le dijo:

—Irena, ¿sabes una cosa?, esto es lo mejor que me ha pasado jamás. —Ella asintió, incapaz de responder—. Supongo que tendríamos que seguir —dijo Hugh. Se tocó el costado izquierdo con expresión de preocupación y desagrado—. Ojalá que esto desapareciera.

—Tardará un tiempo. Es enorme.

La estaba mirando de nuevo, con inseguridad; enseguida, resuelto, se acercó a ella, le tocó el pelo y las mejillas, y la besó en la boca... No como un experto, ni apasionadamente; pero para ellos era el primer beso. Más que el beso, a Irena le había agradado el contacto de la mano grande. Quería decirle que él era guapo y que le gustaba, pero ella no servía para decir cosas.

—¿Estás bien abrigada? —preguntó él—. Yo llevo toda la ropa puesta.

—Siempre entro en calor en cuanto empiezo a caminar.

Esperó a que ella iniciara la marcha, sin fingir estar enterado de la dirección que tendrían que tomar. Ella echó a andar con una renovada confianza por la cresta del cerro, caminando otra vez junto al arroyo hacia lo que ella llamaba decididamente el este.

Caminaron resueltamente y sin hablar un buen trecho. El cerro, una prolongada y magra estribación de la montaña, se curvaba un tanto hacia la izquierda a medida que avanzaban; el lomo se alzaba y caía, pero la pendiente continuaba bajando. La vegetación en la cresta era más rala; la marcha pues, más fácil, y había largos trechos de campo abierto donde era agradable caminar en la hierba cortada, seca y parda que crecía bajo la oscuridad de las ramas colgantes. Por último, la estribación se hizo más pronunciada, y luego abrupta. Sin poder encontrar un camino más fácil, tuvieron que bajar en cuclillas, agarrándose a las raíces y a veces obligados a dejarse deslizar cuesta abajo. Terminaron en el fondo, en el lecho del arroyo, una hondonada de vertientes empinadas y cubierta de malezas. Sin detenerse descendieron hasta el agua a beber.

Irena subió de nuevo por el resbaladizo terraplén hasta un claro abierto por la caída de un árbol grande, y se detuvo allí a pensar. Ese arroyo era aproximadamente como el Río Tercero. Si era el Río Tercero, todo lo que tenían que hacer era seguirlo y cruzar el camino sur... Pero no era el Río Tercero. Era el mismo arroyo que venían siguiendo desde el manantial de los helechos, bajo la cueva del dragón. Corría hacia el este o el sudeste, montaña abajo. Río Tercero fluía hacia el oeste, pasada la montaña. Ese tenía que ser un afluente; desembocaría en Río Tercero en algún punto. Corría hacia la izquierda, y Río Tercero hacia la derecha, visto desde ese lado, si es que ella estaba mirando al sur ahora...

Permaneció allí de pie tratando de dilucidar el asunto, ¿cómo podían ambos arroyos correr en direcciones opuestas? ¿En qué dirección iban ahora? Sintió un nudo en la garganta. Los nombres de la brújula, norte, oeste, sur, este, eran palabras sin sentido. Cualquier dirección que tomase podía ser el sur. O podía ser el norte.

Hugh se acercó a ella.

—¿Lista para un descanso? —preguntó. Le puso una mano en el hombro. Irena la apartó bruscamente.

Él se alejó, atravesó el pequeño claro y fue a sentarse con la espalda en el tronco descomunal de un árbol caído, y cerró los ojos.

Cuando ella se sentó junto a él, Hugh dijo:

—Tal vez tendríamos que comer algo.

Irena abrió el paquete y sacó la comida que quedaba. Había más de lo que había pensado; sin duda suficiente para un día más. Eso le dio valor para decir:

—No sé dónde estamos.

—Nunca lo supimos, ¿no es así? —dijo él, impasible.

Luego, con un evidente esfuerzo, se movió, abrió los ojos, hizo preguntas y sugerencias. Hablaron de seguir aquel arroyo como lo habían venido haciendo, ya que tarde o temprano tendría que terminar por unirse a uno mayor.

—Y si estamos en la dirección equivocada llegaremos al mar —dijo él, a modo de broma, pero la voz se le ahogó en la última palabra.

—La otra posibilidad sería doblar a la izquierda aquí —dijo Irena, masticando la segunda tira de cordero ahumado y sintiéndose más animada—. Porque sigo pensando que no vamos bastante al este. Y mientras sigamos en la montaña no estaremos del todo perdidos..., al menos sabemos dónde está la montaña.

—Pero no nos acercaremos al portal.

—Ya lo sé. Pero la montaña es nuestra única referencia. No tenemos ninguna idea de dónde está el portal.

—Ya. Todo se parece. Es como cuando pasé el portal. Supongo... supongo que lo que temo es que eso haya vuelto a ocurrir. El portal ya no está. No hay nada que encontrar.

—Eso nunca me ha pasado —dijo ella, desafiante—. No me va a pasar. No voy a quedarme aquí.

Hugh juntaba agujas de abeto al pie del árbol caído.

—Eso es tuyo —dijo ella, tratando de no mirar la porción de carne de Hugh.

—La verdad es que no tengo hambre.

Después de un rato ella le dijo:

—No estarás dejándome más a mí, o alguna estupidez por el estilo, ¿no?

—No —le dijo él, cándido, sorprendido; sonrió, mirándola—. Es que no tengo ganas de comer. Si tuviera, no tendrías la menor posibilidad.

—No puedes ayunar y caminar al mismo tiempo.

—Claro que sí. Viviré de mi grasa, como hacen los camellos.

Ella frunció el ceño. Quería acercarse más a él y tocarlo, tocarle el pelo áspero y las mejillas cansadas y sin afeitar; pero se había apartado de él pocos minutos antes. Quería discutir con Hugh, pero no sabía qué decirle.

Hugh tenía los ojos cerrados, o estaban cerrándosele; se había vuelto a apoyar en el árbol caído. Ella no dijo nada, avergonzada, y cada vez más deprimida. Cuando volvió a mirarlo, estaba dormido, con la cara distendida, la mano relajada apoyada en el muslo.

Tenían que seguir. No podían sentarse a dormir, o nunca llegarían al portal.

—Hugh —dijo. Él no la oyó. Entonces la ansiedad de ella se fundió en la ternura apasionada y temerosa de la que había surgido. Se acercó a él y lo empujó suavemente para que se acostara. Él se levantó—. Duerme —le dijo ella.

Él obedeció. Irena permaneció sentada junto a él un rato largo, escuchando el sonido del arroyo próximo, al que no había prestado atención hasta entonces. Allí corría tranquilo, fluía suavemente sobre arena o cieno. Comenzó a darse cuenta de que estaba cansada. Cogió la capa roja, que él no se había puesto desde que logró calentarse con el abrigo de cuero, la extendió sobre los dos como una manta, apretó el cuerpo contra el de Hugh y se echó a dormir.

Cuando se levantaron, se sentían rígidos, lentos, indispuestos. Irena bajó de nuevo el terraplén y bebió del arroyo. Se lavó las manos y la cara y se sintió tan llena de barro que se alejó corriente abajo, se quitó la ropa y se bañó. La avergonzaba que Hugh pudiera verla, y volvió a vestirse rápidamente. Él bajó el terraplén río arriba, donde el agua era menos profunda, y se arrodilló pesadamente a beber.

—Nada un poco. Yo lo hice —le gritó Irena, abotonándose la camisa, estremeciéndose agradablemente.

—Demasiado fría.

—¿Todavía tienes frío? —le preguntó mientras se acercaba a él por la orilla de barro y helechos.

—No he dejado de tenerlo.

—Fue por eso..., el dragón... Estaba frío. Lo toqué.

—Lo que quiero es ver la luz del sol —dijo Hugh, y oyó en su voz un deje de desesperación que le dio miedo.

—Saldremos de aquí, Hugh. No te...

—¿Por dónde? —preguntó él, levantándose. Se apoyó en un arbusto nudoso que crecía en la orilla.

—Siguiendo el arroyo, supongo.

—Bien. No estoy de ánimos para escalar montañas —dijo Hugh intentando bromear.

Ella le cogió la mano. Estaba fría como una piedra. Fría por el agua, advirtió; pero aquel frío la había impresionado más allá de toda explicación racional. Temía por él. Lo miró y lo llamó.

Él encontró los ojos de ella y la miró como si la viera con una añoranza indecible. Le apoyó la mano derecha en el pelo y la atrajo hacia sí. Él era una pared, una fortaleza, un bastión, y mortal, frágil, más fácil de herir que de curar; matador de dragones, hijo del dragón; hijo del Rey, pobre hombre, pobre, breve, alma ignorante. El deseo que tenía de ella se irguió y latió contra su propio vientre, pero sus brazos la sujetaron en una añoranza mayor, una añoranza que la vida no puede satisfacer. Ella lo abrazó, y se quedaron un rato allí, juntos.

9

Irena encabezó la marcha. Hugh la siguió lo mejor que pudo. A veces, ella se detenía, y lo esperaba. Él trataba de ir al paso, pero no era fácil caminar por la orilla del arroyo. Las raíces y los arbustos dificultaban la marcha, y el terreno era irregular y resbaladizo. Había hecho un mal gesto al bajar por el empinado barranco, y desde entonces el dolor en el costado no lo abandonó. Le cortaba la respiración. Después de un rato ya no le preocupaba mantenerse erguido, sino continuar andando. Al arroyo que venían siguiendo se unió uno menor, formando un pantano en el que era imposible caminar; resolvieron que tendrían que vadear la corriente. Aquello fue muy difícil. Hugh se sentía tan mareado que apenas podía mantener el equilibrio sobre las piedras resbaladizas y ante el embate del agua. Temía hacerse más daño en el costado si caía, pero logró atravesarlo sin problemas. Poco después tuvieron que cruzar de nuevo; no sabía por qué, se concentraba por completo en los pasos siguientes. Ella trató de darle la mano, pero no fue de mucha utilidad, ya que no tenía la suficiente fuerza; si resbalaba, peor para él, maldito elefante. El agua quemaba de tan fría. Ya estaban al otro lado, y un camino más fácil se abría a lo largo de una orilla arenosa bajo árboles grises. Si tan solo no le hubiese dolido el costado, y la espada parecía hundirse en él un poco más, un poco más, un poco más. Irena caminaba delante de él, ligera como una sombra; única sombra en aquel mundo sin sombras, sin luna ni sol. «¡Espérame, Irena!», quiso decir, pero no fue necesario; ella esperó. Se volvió hacia él, regresó. Su mano, cálida y fuerte, tocó la de él.

—¿Quieres descansar un rato, Hugh? —Él sacudió la cabeza.

— Quiero seguir —dijo.

La espada se le hundió un poco más. Su nombre, el nombre de su padre, que él había odiado, dicho por ella era un bautismo: un aliento, el hálito. «Tú. Tú mi plenitud. Tú más allá de toda expectativa: tú mi vida. No muerte, sino vida. Frente a la gruta del dragón nos desposamos».

—Un rato —dijo él. Estaba de rodillas. Ella se le acercó, leal y preocupada. La tranquilizó; quería sentarse y descansar un rato, o al menos eso quiso decir.

Ella hizo que se acostara, y lo envolvió con el manto rojo; lo abrazó. Él era la sombra, ella el calor, la luz del sol.

—Canta la canción —dijo él.

Al principio ella no lo oyó; el dolor en el costado le impedía hablar en voz alta. Cuando lo dijo de nuevo, ella lo entendió. Se incorporó apoyándose en un codo, desvió el rostro, y cantó con una dulce voz de alondra, sin temor:

Cuando la flor empiece a abrirse
y la hoja esté en el árbol,
la alondra me acompañará cantando
de vuelta a mi país.

—Es ese —dijo él.

—¿Qué es?

—Nuestro hogar es ese país. No este.

Los rostros estaban muy cerca, y ella le acarició el pelo. Hugh cerró los ojos. El calor de Irena había entrado en él. Al despertar ya no sintió el dolor hasta que se movió. Ponerse de pie fue lo más difícil. No podía arrodillarse junto al agua para beber sin antes levantarse, lo avergonzaban los ruidos de su propio pecho, una serie de jadeos chirriantes, que era incapaz de detener.

—Ven —dijo Irena—, por aquí.

La voz era tan segura que él le preguntó:

—¿Encontraste el camino? —Ella no lo oyó.

Él podía caminar, pero se sentía mejor si lo hacía junto a ella. Lo guiaba de tal modo que a veces podía caminar con los ojos cerrados; pero, como cuando se salía del camino la arrastraba con él, trataba de mantenerlos abiertos. La marcha era fácil. Los árboles se apartaban ante ellos, abriéndoles paso. Tenían que cruzar otra vez el arroyo. No era posible.

—Lo has hecho antes —dijo ella.

¿Lo había hecho? Sería por eso por lo que tenía tanto frío: estaba mojado. No tenía nada de malo mojarse otra vez, entonces. El agua oscura y clara que no volvería a beber quemaba como fuego. Allí estaba la roca plana del arroyo donde ambos se habían arrodillado. Los arbustos, la maleza sin flores, el lugar del comienzo y, en ese momento, del final; y el pino y los altos laureles, pero sin camino entre ellos, no hasta que la mano de Irena lo descubrió para él. Aun así, no pudo atravesarlo hasta que ella le tomó la mano y juntos entraron al nuevo mundo.

Ella esperaba que fuera de día. Siempre había pensado que saldrían del país del crepúsculo a la cálida luz de aquel ardiente verano, pero salieron a la noche y a la lluvia.

La lluvia le resbalaba por la cara como lágrimas. El sonido con que golpeaba las hojas de los árboles era hermoso, y el olor también. Pero no pudo dejar que Hugh descansara, como había pensado hacer en cuanto salieran. No en aquella tierra mojada, y con los pantalones y zapatos como los tenía, empapados después de haber cruzado los tres ríos. No era justo, él estaba ciego de fiebre y dolor, pero tenían que seguir caminando. Ella no dejó ni un instante de sujetarle la mano. Lentamente se abrieron paso a través de la oscuridad del bosque, y salieron a los terrenos baldíos. Las lejanas luces de los coches en la autopista, filtrándose entre la lluvia, barrían el aire y la tierra. Hugh tropezó y, apoyándose en ella, dejó escapar un gemido, pero enseguida dijo:

—Estoy bien.

Y continuaron, acercándose cada vez más a la carretera de grava, guiados por las luces de la fábrica de pintura. En el breve terraplén que subía a la carretera volvió a tropezar y, sin una palabra ni un gesto, cayó de bruces.

Ella cayó con él; se acurrucó a su lado sobre la hierba mojada. Después de un rato se arrastró hasta el borde de la carretera; permaneció allí un momento, volviéndose a mirar hacia la oscuridad en la que él yacía. No podía verlo. Llorando de angustia, como él había llorado de dolor, echó a andar por la carretera, en dirección a la granja.

Luces de coches detrás de ellos, desde la fábrica. Paralizada de terror, se detuvo, oyó el motor que aminoraba la marcha, el chirrido de las ruedas.

—Eh, ¿algún problema?

Que fuera lo que siempre había temido, lo que tenía que ser; dio media vuelta y se acercó al coche. Temblaba. Vislumbró un rostro barbirrojo en la penumbra.

—Mi amigo está herido —dijo.

—¿Dónde? Espera.

Era un automóvil pequeño; Hugh no estaba en condiciones de colaborar, pero Barbarroja, decidido, se las arregló para acomodarlo en el asiento delantero. Hizo subir a Irene a la parte de atrás y condujo a ciento veinte, disfrutando, hacia el Hospital Fairways. Salió del coche en cuanto frenó ante la entrada de Urgencias, disfrutando también con aquello. Una vez que Hugh fue atendido, terminó la parte romántica, pero Barbarroja se quedó con ella en la sala de espera, y le consiguió café y un bocadillo de las máquinas del vestíbulo; hizo lo que un ser humano podía hacer; nada inusual, en la experiencia de Irena. Es la dignidad lo que hace que llamemos a otro hermana o hermano.

El médico que habló con ella le hizo algunas preguntas. Irena había estado escuchando la conversación de Barbarroja sobre los resultados de la liga de baloncesto y no había preparado ninguna historia creíble.

—Lo golpearon. —Fue todo lo que se le ocurrió cuando se dio cuenta de que tenía que haber alguna explicación.

—Estaban en los bosques —dijo la doctora.

—De excursión.

—¿Se perdieron? ¿Cuánto tiempo estuvieron allí?

—No sabría decírselo.

—Será mejor que la examine.

—Yo estoy bien. Solo cansada. Ha sido un buen susto.

—¿Está segura de que no está herida? —dijo la doctora con aspereza; era una mujer de mediana edad, cansada, de rostro gris bajo la implacable luz fluorescente de un primero de septiembre a las diez de la noche en el pasillo de Urgencias de un hospital.

—Estoy bien. Estaré mucho mejor cuando duerma. Es Hugh...

—¿Tiene adónde ir?

—El hombre que nos recogió me llevará a casa de mi madre. Es Hugh...

—Estoy esperando las radiografías. Él se quedará aquí. ¿Ya firmó esos...? Sí. De acuerdo —Se alejó.

Intimidada por la autoridad de la doctora, del hospital, Irena se volvió para marcharse en silencio.

El empleado que había registrado a Hugh salió de un cubículo.

—Pidió que alguien se pusiera en contacto con su madre —dijo al ver a Irena—. ¿Lo hará usted?

—Sí.

—Él está bien —dijo la doctora—. Vaya a dormir.

—Te tendrán aquí otra noche.

—Lo sé —dijo él, recostado en la cama alta y dura, la penúltima de la sala—. La verdad es que ahora no tengo muchas ganas de levantarme.

—¿Pero te encuentras bien?

—Muy bien. Me han envuelto con todas estas cosas. Mira. No, no te lo puedo mostrar, esta cosa se abre en la espalda, es indecente. Pero me han envuelto todo con vendas, parezco una momia. Cada vez que despierto me dan una pastilla.

—¿Tienes una costilla rota?

—Una rota y otra fisurada. ¿Y tú?

—Estoy bien. Escucha, Hugh, ¿te han preguntado acerca de, ya sabes, lo que ocurrió?

—Solo dije que no lo recuerdo.

—Muy bien. Si contamos cosas diferentes podrían pensar que ocultamos algo.

—¿Qué fue lo que ocurrió, entonces?

—Estábamos de excursión, y unos tipos te dieron una paliza y huyeron.

—¿Fue eso lo que pasó? —Él advirtió su incertidumbre—. Irena. Sí que lo recuerdo.

Ella sonrió, con un deje de duda.

—Pensé que esas píldoras te tenían drogado.

—Lo estoy. Pero más que nada con sueño. Supongo que hay partes..., no sé cómo llegamos al paso. ¿Encontramos finalmente el camino?

—Sí. Estabas algo despistado. —Le tomó la mano. Ambos se sentían inhibidos por las otras personas que había en la sala del hospital, hombres acostados, semidesnudos, durmiendo, observando, cabezas vendadas, pies descalzos asomándose por entre las mantas, visitas entrando y saliendo, televisores y radios en tres canales distintos, y el olor a desinfectante, y a muerte.

—¿Has tenido que ir a trabajar hoy?

—No. Todavía estamos a lunes.

—Dios mío.

—Escucha, Hugh.

Él la miró, sonriendo.

—Esta mañana he ido a ver a tu madre.

Después de un momento, él preguntó con vaguedad:

—¿Está bien?

—Anoche, cuando la llamé, ¿sabes?, no pareció entenderme muy bien. No dejó de preguntarme quién era yo, y le dije que había estado de excursión contigo, ¿sabes?, pero siguió haciendo las mismas preguntas. Estaba enfadada. Era tarde, además. No debí llamar. Así que esta mañana, como no me han dejado entrar aquí, se me ha ocurrido que debía ir a verla. No pareció entender que tú estabas en el hospital.

Él no dijo nada.

—Bueno, ella...

—Te saltó encima —la interrumpió él, con tanta rabia que Irena se apresuró a continuar.

—No, no lo hizo... Solo que no pareció... Bueno, le dije que necesitabas ropa y cosas. Pensé que tal vez ella querría traértelas, ¿sabes? Fue y regresó con una maleta, ya la tenía preparada, está en el coche, te la dejaré aquí. Yo..., bueno, que casi me la tiró encima, en la puerta, y dijo: «Después de esto, que no regrese», y estaba..., ella cerró la..., no pude hacer otra cosa que irme. Después, ¿quiso...? Seguro que no me expliqué bien y ella me malentendió, y no sé cómo arreglarlo. Lo siento, Hugh.

—No —dijo él. Cerró los ojos. Y enseguida tomó la mano de la muchacha y la apretó con fuerza—. No pasa nada —dijo cuando consiguió hablar—. Libre de casa.

—Pero ¿no quiere que regreses? —preguntó Irena, desolada y perpleja.

—No. Y yo tampoco. Quiero irme contigo, vivir contigo. —Se sentó para estar más cerca de ella—. Quiero encontrar un lugar, un piso o algo, si tú... Tengo algo de dinero en el banco, si este condenado hospital no se lo lleva todo... Si tú...

—Sí. Está bien, escucha. Quería decirte algo: después de ir a verla todavía no era hora de visita, así que he ido a la cuarenta y ocho con Morressey. Había un anuncio en el periódico de hoy. Es en el distrito de las lomas, ¿sabes? Parecía estar bien; doscientos veinticinco al mes, incluidos los servicios; está muy bien para quedar a diez minutos del centro. Fui directamente. Es un edificio con garaje. De todos modos, yo pienso quedarme con él. Ya he firmado. No puedo regresar donde estaba.

—¿Quieres que lo alquilemos juntos?

—Si tú quieres. Es un lugar muy bonito. La gente del edificio es muy simpática. Tampoco están casados.

—Nosotros sí —dijo él.

A la mañana siguiente dejaron juntos el hospital. Estaba lloviendo otra vez; ella llevaba el manto maltratado y sucio; él, el manchado abrigo de cuero. Partieron juntos en el coche de Irena. Hay más de un camino a la ciudad.

minotauro